オブジェクタム

高山羽根子

Objectum

目次

装幀　大島依提亜
作品　加納　俊輔

オブジェクタム

オブジェクタム

よそ見ができなかったのは、慣れないレンタカーの運転に集中していたからだった。借り物で運転しにくかったっていうのもあるけど、それだけではないと思う。自分の車を持っていないから、よくいわれる癖みたいなものにもあんまりぴんとこなかったし、もともと車になんか詳しくないからこれが新しいのか古いのかなんてわからなかったし。

高速道路の運転は講習以来はじめてなのに、雨まで降りだしてきた。車内のステレオとスマホの接続がどうしてもうまくいかなくて、接触の悪いコードでつなげた液晶画面のバックライトが、ダッシュボードの上で振動にあわせてついたり消えたりを繰り返している。音楽を流すのはあきらめて、天気も気になったからAMラジオをつけていた。しばらくしてひょっとしたら音量が大きすぎるかもしれないと感じたけど、片手をはなしてボリュームを絞ることもできなかった。かなり長い時間、車の中が居づらくなるくらいの大きな音でAMラジオを聴いていた。

高速道路というものはたいてい町の中でも一段高いところを走るから、防音壁さえなければ見通しがきいて、ふだん見慣れないいろいろなものが見える。子どものころ、後部座席で窓の外の風景を眺めながら視界の端から端に流れていく珍しいものを見つけるたびに、

「船の形の建物」

「タイヤの山」

「すごく大きいクジラの看板」

「観覧車」

みたいな感じで、車に乗っている誰に伝えるつもりもなくつぶやいていた。前の座席にいた父や母はああ、とかほんとうだ、と答えていたときもあるし、聞こえていないのか、面倒くさくて答えなかったのか黙っているときもあった。横にいた祖父の静吉(せいきち)にはたぶん聞こえていたんだろうけど、ずっと反対側の窓のほうをむいていて、どんな奇妙なものを見つけて声に出してみてもこっちを振りむかなかった。

小さいころ住んでいた町には遊園地がなかった。ただ、それを残念に思ったことはない。今までに何度か、遊園地のある町に住むとどんな生活になるんだろうみたいな空想をしたことはある。きっと少しは楽しいと思うけど、自分みたいなよその人間が思うよ

りは平凡で、退屈なのかもしれない。だいたい遊園地なんて、車に乗って時間をかけてたどり着くような場所にしか存在しないもので、年に一、二回行けば充分な気もする。それに、住んでいた町には自転車で少し行けばショッピングモールが建っていて、乗り物に乗って空を飛ぶような気分になれるゲームがいくつかあった。

ただどうやら昔——といっても自分が産まれる少し前くらいまで——この国には、駅からちょっと離れた丘とかデパートの屋上とか、少しだけがんばれば子どもだけで行けなくもない、ぐらいの場所に、大小いくつもの遊園地があったらしい。

そのことを知ったのは遠足の潮干狩りで巨大アサリを採りに行ったときだった。大人になってから、正確にはアサリではなくて似た種類のちがう貝だと知ったけど、とにかく小学生のとき、巨大アサリを採りに行くという遠足があった。

遠足の行き先は海辺の、駅前にもコンビニと個人の英会話教室ぐらいしかないような町だった。コンビニは聞いたこともない名前のチェーン店で、季節に関係なく浮き輪とかビーチサンダル、花火が吊るされている。夏と冬で利用客の人数が全然ちがうんだろうと思えるような場所だった。

駅から見て高台、ずっと遠くのほうに目をこらすと、小さいけどひと目でわかる観覧車とジェットコースターのレールが見えた。家に帰って父や母にきいてみると、もうあれは動いていない、何年も前に遊園地はつぶれている、と答えが返ってきた。

驚いた。遊園地は、つぶれたあと乗り物をすぐに取り壊さないでいる。ああいうのは、取り壊すのにもけっこうお金がかかるんじゃないかな、と、父は巨大アサリの醬油焼きをつつきながら言った。つぶれるということはお金がないということなのだから、これからもずっと、あの遊園地の跡地はそのままにされてしまうのかもしれない。死んでいるのに、少し離れたところから見ても生きているときと姿が変わらないザリガニとかカブトムシみたいだと思った。

高速道路を降りてから県道、路地と町の細かいところに入りこんでいくと、子どものころ住んでいた町が記憶の中よりもずっと小さくしょぼくれていたことに気づいた。元々この程度しょぼくれた町だったのか、年月がたって町がしょぼくれたのか、きっとその両方が少しずつ混ざっているんだろう。

子どものころにはたぶんなかったバス通りのコンビニに車をとめて、コーヒーと小さなプラスチックケースに入った粒のミントを買う。レジで、

「もうしわけありません、これ、ちょっとわからないおかねです」

と、小さな男の店員が申し訳ないみたいな顔をして、手にした紙幣を見つめながら言

った。制服の胸に、どこか別の国に由来すると思われる名前のプレートをつけている。気がついて、

「ごめんなさい、間違えました。これ、むかしのお金です」

と伝えると、彼は安心した様子で、ほほえんだ。

「これ借りものなので返しにきたんです。スイカ使っていいですか？」

と紙幣を返してもらう。外に出ると雨はやんで、日が差しはじめていた。返しにきた、という言葉を自分の中で確認した。

そうだ。家の中で、たった独りで、端末の検索機能だけで得られる情報だけをもって、この紙幣を返しにきたんだった。

店員の心細さが解消されたことを、こんなに嬉しいと思うことが、自分でも意外だった。

通っていた小学校の正門から右の道を行くと、はじめに突き当たるところが空地になっている。公園と言えるほどの広さもない、塀で囲まれた道のくぼみみたいな場所だった。ずっと小さかったころ、そこには小さい砂場と回転する球体の遊具があった。回転遊具は幼児が落ちる事故があったあとすぐ撤去されて、そのあとしばらくして砂場が、猫や鳩のフンで不衛生だという意見を受けて埋められた。それからまたしばらくして、

小学校の卒業生有志が市の許可を取ってコンクリート製の土管を三つ重ねて置き、そこを『なつかし広場』と名づけて、入口には広場の名前が入ったホーロー看板を取りつけた。どうやら昔にはこんな感じに土管のある空地があったらしい。ただあくまでイメージの中でのことなんだろう、身の回りの大人たちに、実際に土管の積まれたこういう場所が近所にあったかときいたら、みんな首をかしげた。ただ、自分たちみたいな子どもにとって懐かしいかどうか、それが実際にあったものかなんて、あまり関係ないから特別問題はなかった。

*

小学校から帰る途中、同じクラスのカズと並んで広場のカベに貼られた一枚の紙をながめていた。太字で『新聞』と四角ばった二文字の漢字があって、下には活字に見えるぐらいていねいに書かれた小さい手書き文字が隙間なく並んでいる。

このカベ新聞は月に一回くらいのペースで町内の決まった十数か所に貼り出されている。誰が貼っているのか、どうやって作られているのか町の人たちは知らない。

新聞が貼られはじめたころは、作った人を探すために町内会でも呼びかけなんかをしていたらしい。でも、とくに迷惑がかかるほどたくさん貼られているわけでもなかったから、しばらくすると迷い猫とか家庭教師とか家を売る貼り紙と同じに、あまり気にされなくなった。ただ、どんなに剝がされても雨に文字が溶けても、またなんでもなかったみたいにひと月後、次の号は貼り出されていた。

『スーパー山室と八百永青果店、ナスと柿に於ける傷み率の比較』

実りある秋、野菜や果物のすばらしい季節です。と妙にきどった書き出しはいつものことで、記事は駅前のスーパーと商店街の八百屋で売られている同じ値段のものについて調べたことについて書いてある。ふつうに考えたら退屈で、とてもおもしろそうだなんて思えないような記事の内容だった。ただ、マジメなふうで変におちょけた文章、折れ線グラフとマンガっぽいひと筆がきのナスのイラストもあって、おまけにどんなに簡単な漢字にもひとつひとつ、本文と同じくらいていねいな手書きでふりがながふってあった。

ほんとうのところ、この新聞を読んでいる人はとても多かった。病院の前や駅裏の路地のどこでも、字が読めるようになってすぐの低学年から、小さい文字を読みにくそうにしているお年寄りまで、立ち止まって熱心に読みこんでいるのを見かけた。

「木曜が安売りなのはそういうことか」

と横でカズが言う。

「その情報はおまえになんのメリットが」

ひじでカズのわき腹をつつくと、

「知らなきゃ気にならないんだろうけど、書かれてるのを読んじゃったから」

カズが声をあげて、上半身をくねくねさせた。

いつもの信号でカズとわかれたあと、後ろ姿がすっかり見えなくなったのを確かめてから、家に帰るための道からひとつよけいに奥に進む小さな道に入る。町内掲示板の横に消火器の入った箱が立っている後ろあたり、回り込んで集合住宅とブロック塀の隙間を抜けてそのまま進んで、見とおしの悪い生け垣に挟まれた道の突き当たりを右に曲がったとき、次の角の先をなにか、茶色い小さいものがちょっと見えてすぐ先に進んでいくのが見えた。小さい履きもののかかと？　それか犬とか猫のしっぽの先みたいな。

まただ。

学校の行き帰りで道を曲がるとき、こんな感じのものが見えることがある。自分の進む方向に消えていっているから後をつけられてるわけじゃないと思うけど、ほんのちょっと早かったら、もう少しはっきり見えていたのかもしれないと思うくらいの、ぎりぎりで、少しだけなにかが見える。

前に気になって急いで追いつこうと曲がり角まで走ったけど、角のむこうをのぞき込んでもなにも見えなかった。ただ、見まちがえだとしたら、こんなに何回も見るのは変だ。

細い道はちょっと行くと川の土手に沿うようになる。そのまま進むと、コンクリート製の橋がある。横には釣りや散歩をするために河原に降りる人が使う小さな階段がついていて、まず階段を、それから、打つのに失敗して中途半端になったホチキスみたいに、カベからでっぱった鉄のはしごを降りる。

短い橋脚の下には粗大ゴミがいくつかあった。たとえば古いタイヤとか、錆びた四角い空き缶とか。空き缶は、油が入っていたものみたいだった。フタが開きっぱなしで雨水の溜まった炊飯器なんかもある。道のはじっこに立っている消火器の箱と同じで、みんなにさわられたり蹴っ飛ばされたり、ましてや拾われたりなんか絶対しないと信じ込んでいるみたいにして、そういうものは転がっていた。

そのうちのひとつ、ななめに立った細長いロッカーの扉には、小さなダイヤル式の安っぽいロックがぶら下がっている。きしきしひっかかって回しづらいダイヤルをあわせてロックを開けてから、中に手を突っこんだ。暗い緑色のおでこのところに、プロ野球でもメジャーリーグでも思いあたらない、魚がキャラクター化されている形のマークがついているキャップと、つぎにグレーのフードつきジャンパー、さいごに一冊のＢ５ノートを取りだす。今日は使わないかもしれないと戻しかけて、また取りだした。いつなにをメモするか、そのメモがいつ役に立つかはわからないからだ。かわりに今までしょっていたランドセルを突っこんで、扉を閉めてロックをかけた。つばで目のあたりが隠れるくらいまで帽子を深くかぶって、ジャンパーにそでを通してお腹(なか)にノートをしまった。ファスナーをあげながらさっきとは別のところにある階段をのぼって、川ぞいの道を少しのあいだ歩く。

　階段で二十四秒、道は五歩で二秒。本数が少ないから、なんども確認して念入りに時間を数えてあった。停留所に立ったときに、ほとんど時間がずれないこの町を走るバスは、いちばん近くの曲がり角から姿を見せて通りに入ってくるところだった。立ちどまってぼうっとバスを待つことも、慌てて走って駆けこむこともない、いちばんちょうどいい時間にバス停に着く。ジャンパーのポケットに入れておいた乗車カードを、乗ってすぐのところに立っている機械にかざして奥に入った。終点のひとつ手前で降りて、さらに七分、終点の車庫に近い川上まで歩く。ほかには人もみあたらなくて、こわいと感じることもないぐらいまわりにはなにもなかった。自然公園という名前がついた広いところに入ってからふたつの草むらをこえて、丸い木を組んで作られている階段をのぼり、それから背の低い木の生える斜面をあがって進むとススキ野原にでる。自分の背よりもずっと大きいススキの茎の間を、手を切らないように用心しながらかき分けていくと、だいたい北に四十二秒、東に六十六秒。魔法みたいにいきなり目の前からススキがなくなって明るくなる。十メートルもないぐらいの範囲でススキが踏み倒されて平らになった真ん中に、まわりの風景から浮きたたないくらいにちょうどよく色があせた、アウトドア用のテントが立っている。

三、二、五、二のリズムでテントの布を指ではじくと、

「おう」

声がしたあとにテントの入口になっているファスナーが開いて、中からじいちゃんがまっ黒く汚れた顔を突き出した。ものすごく黒かったけど歯だけ白くて、笑っているのがわかった。上半身は裸だった。薬とかガソリンスタンドみたいな油っぽいインクの匂いがする。

テントの中には木でできた低い机と、大きいのと小さいもの、ひとつずつのダンボール箱がある。箱は大きいほうを下にして重ねられて、いちばん上に手さげつきの紙袋が置かれていた。机のほうは表面に隙間なく新聞紙が敷かれて、その上に木でできた長方形のトレイがふたつ広げてあった。ふたつのトレイはお互い金具でつながれて、上にして置かれている部分を内側に折りたためるようになっている。両側とも長いあいだ使い

こまれて、黒いインクが染みついている。トレイの片側には、ハンドルのついたローラーが置いてあって、もう片方には、網戸よりずっとこまかい目の網を張った木枠、これもトレイとぴったり合う大きさのものが乗っかっている。ローラーハンドルや木枠もぜんぶ、黒インクで染まってつやつや光っていた。これでもそうとう念入りに拭いたんだろう、じいちゃんは満足したみたいに、たっぷり黒い色を吸いこんだ手ぬぐいを膝の上でゆっくり、四つ折にしてたたんだ。テントの中はいつもと変わりなかった。ランプも暖房もない。この中でする作業は、日が暮れるまでに終わらせるのが決まりだった。

　テントにもぐり込んだらすぐ、ダンボール箱を背もたれにして、膝を折って小さく座る。ここがいつも決まった居場所だった。

「新しいの、みんな見てたよ」

　じいちゃんは黒い手ぬぐいを自分の横に置くと、机の前できちんと正座しなおしてから、ローラーのハンドルを捻（ひね）ってはずして、半分くらいつぶれたチューブのインクと並べてトレイに置いた。毎回、そのやりかたの順番はきちんと決まっていて、どんなときでもその手順に迷ったり、途中で手が止まったりすることがなかった。いつ見ても、まるでなにかのおまじないとか、茶道とか、そういう昔から伝わる儀式みたいだった。

「カズ、考えこんでたんだ。グラフで」

「ああ視覚化は大事だ」

じいちゃんは金具でつながったふたつのトレイを折りたたんで、平べったい木箱のようになったそれを机の下にしまうと、さらに続けた。

「ナスや柿が、売られているって情報がある」

「うん」

「その中で、傷んでいないものと傷んでいるものの数がわかる。そうすると、割合がわかる。毎日の割合がわかると今度は、毎日の変化がわかる。続けると、曜日や、月ごとの変化がわかる。店が増えると比較ができる。この町のたくさんのデータを集める。単純な数字がつながって関係のある情報になり、集まって、とつぜん知識とか知恵に変わる瞬間がある。生きものの進化みたいに」

じいちゃんからたのまれて八百屋とスーパーを回って、ばれないように何日も傷んだナスと柿を数えた。ただ、言われたとおりに数えてノートに書いて、調べたものを報告しただけで、数をもとにしてグラフとか記事を書いたのはじいちゃんだった。そうやって作った新聞をみんなが読んでくれる。

「なんで、隠れて新聞を作ってんの」

もう何度、この質問をしたかわからなかった。背すじを伸ばしたじいちゃんはいつも

と同じように、

「ほんとうは、記事を書いた人間の名前もださないといけない。責任っていうのがあるから」

と言って、さらに、これもいつもと変わらない決まった言葉を続けた。じいちゃんの中ではこれは、ずっと昔から自分で決めたことなんだろう。

「せまい町の中で、書く人間の正体がわかってしまうと客観性に支障が出る。自分がどんなに気をつけていても、受け手の事情もあって正確にものを伝える力を削ぐこともある」

じいちゃんは、聞き取りやすいようにゆっくりとしゃべることはあっても、単語自体を子どもにむけてわかりやすいものに替えて説明することはなかった。わからないとき、初めのころは時々たずねかえすことをしていたけれども、前に一度、

「今わからないならそれで問題ない」

と言われてからは、意味がわからない状態でも、言葉をそのまんま丸ごと飲みこむことにした。ただそうやって聞いているうち、特に調べなくても、なんとなくほかの言葉との関係で知らない言葉の意味がわかってくる。それは気持ちがいいことだった。

だから、ここで新聞作りの手伝いをすることが、ゲームをしたりマンガを読むことよ

り退屈なものになるということはなかった。

「出るか。このごろは日暮れも早いから」

じいちゃんは膝に手をついて立ち上がって、ダンボール箱の上に積んだ紙袋をつかむとテントの外に出た。あまりにも無駄がなくてじいちゃんらしい動きだった。慌てて後ろに続いた。小さなテントはかんたんにススキをかぶせただけで、もう景色の中に溶けて消えてしまった。ススキ野原を抜けて公園に出ると、じいちゃんは水のみ場の蛇口で裸の上半身を洗った。いつもどおり少し離れて座る。公園にはたまに犬を連れた人がいるくらいで、その人たちはじいちゃんの水浴びを見えていないものみたいにして歩いていく。普通で考えたらちょっとおかしいくらいに汚れた人のことを、普通の人たちは見えていないふりをするらしい。それを利用して、じいちゃんは新聞をばれないように貼ることに成功している。ほかの人たちから見れば、まったくの知らない人同士に見えるくらい、じいちゃんと間をあけておくことにしていた。じいちゃんは紙袋からタオルとTシャツをだして、軽く水を拭き取ってシャツを着る。顔や腕や首回りにこびりついていたインクの黒い汚れは、それだけでかなり目立たなくなった。

そのまま公園を抜けて、バス通りと並行した細い通りを行くと銭湯がある。このときには、もうじいちゃんとは並んで歩いていた。濃い青色ののれんをくぐってくつを脱ぐ。

まだ開店時間すぐだから新しいお湯は少し熱かったけど、じいちゃんはまったく気にしないで、目を閉じてアゴまで湯につかっている。

「よく洗えよ。鼻が慣れちまって臭いに鈍くなってる」

じいちゃんの背中を流して、かわりに頭をすすいでもらう。紙袋に入っている無香料の石鹸(せっけん)をほんの少しだけ使って、頭から足先まで、しっかりと洗う。これもぜんぶ、カベ新聞の刷りだしを行なった日の決まりごとだった。おふろを出て体をていねいに拭いた後は、髪の毛や体がすっかり乾くまで下着姿のまま脱衣所のベンチに座る。サイダーを買ってもらって、じいちゃんのほうは牛乳を飲む。これはふたりの間で『出版記念の祝杯』と呼んでいた。サイダーも脱衣所もよく冷えていて、扇風機は前髪をあっという間にさらさらに乾かした。

「カズ、集中して読んでた」

「よかった」

そう言って少しだけわらった顔のまま、

「でも、慣れた友だちというのは、隠しごとには鋭いから気をつけたほうがいい」

と続けたじいちゃんは、喉をぎゅっぎゅと鳴らして牛乳を飲みほした。

「あと」

その様子を見ながら、注意ぶかく切りだす。

「なんだか、つけられてるっていうわけじゃあないんだけど、犬とか人とか、そういうのがそばにいるような気がする。何回も確認して、やっぱりいないんだけど、どうしても少しだけなにかが見える気がする」

「ああ、それは大丈夫だ」

じいちゃんはほとんど考えることなくさらりと言った。

「注意ぶかくしている人間にはそういうものが見えるもんだ。ちゃんと確認しているなら問題ない」

「じいちゃんも見えるの」

「ああ、昔から隠しごとをしているときにはたいていい見える。すぐそばまでくることもあるな」

「どんな見た目なの」

こんどは、少しだけ考えてじいちゃんは言った。

「そのときによってちがうが、たいていは子どもで、たぶん女の子だ」

紙袋に入っていた襟付きのシャツ、麻のニットベスト、コットンのズボンをはき、くたくたのジャージとTシャツをきちんとたたんで紙袋にしまう。

銭湯からは少し時間をずらして出る。歩いてさっきとはまた別のバスの停留所にむかって、来たときと方向のちがう停留所を経由するバスに乗りこむ。乗っている人は数人。駅前の方向に進む路線だから、帰ってくる近所の人たちと会うことはなかった。バスの窓から夕焼けが人のいない座席を照らしている。この感じならまだ暗くなる前に帰れる気がした。目的のバス停をふたつ前で降りて、河原ぞいに来た道を走って戻る。橋の下のロッカーにジャンパーと帽子、ノートを突っこんで、かわりにランドセルをとりだして背負ってから、自分の肩口に鼻先を押しつけて、いっぱいに息を吸いこむ。大丈夫。いつも校庭で遊んでから帰るのと同じ、土埃と汗の臭いだった。ロックをかけた。

「ただいま」

一回目の声は、キッチンで夕ごはんのしたくをしている母さんに届かなかった。リビングに入ったらテレビはニュースバラエティみたいな番組を流していて、静吉はソファで文庫本を読んでいた。リビングの床にランドセルを置くと、もう一度、

「ただいま」

と、今度はもう少し大きめの声で言って、ソファの手前の床に腰をおろした。リビングにはすでに、キッチンからもれ出たごま油の匂いがいっぱいにただよっている。突然、ものすごくお腹が減っているということに気がついて、また声をあげた。

「母さん、ごはんなに」

やっと気づいた母さんは、キッチンから少し顔をのぞかせて、

「今日ね、マーボナス。秋だし、急に食べたくなっちゃってね」

広場でカベ新聞を見ていたとき、カズが、

「読んじゃったから」

と言ったのを思い出して、笑ってしまいそうになる口をとがらせて、がまんしながら横を見た。本から目を上げないまま静吉じいちゃんは、それでもやはりぼくと同じように口の先を若干、とがらせていたように見えた。

*

まだあったんだ。

かつてテントがあった場所の前まで来て、見回してから思った。アウトドア用品というのは丈夫にできている。さすがにシート部分はあらかた剝がれて骨組みだけになってはいるものの、樹脂製のポールは倒れることなく地面に食いこんで、辛うじてススキに寄りかかりながら立っていた。枯れたススキが新しく青いものに生え変わって、枯れて倒れて、そういうことを繰り返しながらこの場所を隠してきたんだろう。驚いたのは、

静吉の使っていた文机が、なかば土にかえるような色をしながらまだそこにあったことだった。そういえばあのとき、もうすでに古かったけど立派だったもんな。

テントのあった空間に潜りこむと、自分の周囲に生える雑草の茎を押し倒して空間を作った。そうしてひとまずは見た目だけ静吉がいたころのようにテントがあった部分の床をととのえる。

当時の静吉とおなじように文机の前に座って、目線を動かした。

あのときテントに映しだされていたのは、たぶんすべての方向で草の揺れる影だけだった。右をむいたときに見えていたのは、閉じられたファスナー、テントの入口。左に首を回し斜め後ろのほうまで振りむくと、自分の指定席だったダンボール箱の積まれていたあたりまでが見えた。テントの中で、本や資料の類が置いてあるのは見たことがない。静吉がここで調べ物や読書をしていたことはなかった。

ひととおり見回してから文机の下に腕を差し入れて、地面を手のひらでさぐる。何度かくりかえしていくと、一か所だけ軽く力をかけるだけでパカパカとたわんでいるのを感じた。指先に力を入れて、二度、三度と押し下げながら確かめる。雨ざらしで傷んだ文机をずらして、薄い土の層をどけると湿って黒く腐ったベニヤの合板があって、下にビニールシートを四角く切り取ったものが敷かれていた。まくると、腕が一本さし込める程度の穴が開いている。その気になれば、すぐに塞いで埋めることができるほど心もとなかったけれども、穴はそうとう深くて、のぞいても真っ暗で中を見ることができない。ポケットのライターを探りかけて、やめた。照らしたところで腕を通すのが精いっぱいの穴の中で、明かりは役に立たない気がした。雨をたっぷり吸いこんだ土だから悩んで、それから上着を脱ぎ袖をまくって腕を穴の中に注意深く差し入れた。

　腕のまわりに、土に混ざる小石の感触があって、奥に進むのを邪魔した。いっぽうで、指先はなにもないところをかいている。肘の上まで深く入れてもまだ、指先に当たるものはなかった。もう少し、まだ、と、アゴや頬を土で汚しながら腕を押しこむうち、指先は微(かす)かに物体の気配を感じた。硬い、金属の板のようなもの。指先の爪が微かにその表面を擦(こす)った。驚いて手を引き抜く。再び恐る恐る穴に腕を差し入れる。肩ちかくまで深く入ったときに指先にもう一度物体が触れ、それと同時にコン、と空洞を持った金属質の音がした。コン、コン。注意深く、穴の隙間から漏れる音を聞く。

「箱」

　誰もいないテントの中、小さい声で言って、ひとりで声を立てないで笑う。

　まだ、あったんだ。あのとき見つけたやつ。

　腕をもういちど穴から引き抜いて、両手で穴のまわりを、埋まってしまわないように注意しながら掘り広げる。しばらくの間、根気強く土を削る手の動く音だけが聞こえ続けた。

少しの間そうやっていて、ここに音がないことに気がついた。風が起きると草やテントの骨組みから音が出るくらいで、当時、おそらく静吉がひとりでいたときここは無音だったんだろう。電車も車も近くを通らない、誰のささやき声もしない、宣伝も、選挙カーの音も、緊急の町内放送だって、ここには入ってこない。町の中で人のたてるどんな音も聞こえない一点を、静吉は新聞作りの場に選んだのかもしれない。腕を動かして穴を削り広げながらそう思った。

＊

五時間目が終わって、いつものロッカーにランドセルを置いたあと、児童図書館に入って二階ロビーの一角に座った。ここからは南中学校の正門がちょうどいい角度で見おろせる。児童図書館で働く人は夕方前に人数がふたりに減るので、二階にはよっぽどなにかない限り、働く人も利用者も上がってこなかった。

低めのソファベンチで、帽子を深くかぶり直す。書棚から適当に持ってきた『市のあゆみ』という資料集を広げて、その下にB５ノートを開くと三分の一くらいをはみ出させるみたいに敷いた。ノートの表面には今日の日付と、『南中・午後三時から五時』の文字、そして真ん中に線を引いて右側に『上』左側に『下』とあらかじめ書きこんである。

校門から三人の女子中学生がじゃれ合いながらでてくるのに気がついた。ひとつひとつ、必要なことを確かめるのをやめて、いそいで鉛筆を握って身がまえる。窓ごしだし遠かったから声は聞こえないけど、丸めた背中を叩き合ったりする手つきだけでも楽しそうにしているのがわかった。

校門を出たところでひとりが右へ、残りのふたりが左へ進む。ノートの『上』と書いてあるほうに横線と縦線を一本ずつ、『下』と書いてあるほうに横線を一本書きこんだ。『正』という漢字を書いて数を数えていくこと、一文字で五人、二文字で十人。そうするとどんなものでも、いつまででも継ぎ足して数えていけることは、少し前にじいちゃんから教わっていた。

じいちゃんと新聞の秘密を知ったのは、カズがインフルエンザにかかった日だった。あのときはカズの家にプリントを届けにいって、玄関にはカズのお母さんが出た。カズの家から自分の家に戻るまでは、公民館の中庭を通るのが近道だった。植えこみも木も枝ばっかりの裸で、なんの種類の植物かを書いた札だけがぶら下がっていた。

「渋柿の　ごときものにては　そうろえど」

　ざらついているのに、張りだけは妙にあって通る声が中庭に響いていた。目の高さ、ガラスのはめ殺してある窓からいくつか人の頭が見える。髪の毛は白かったり、なかったりだった。先生も生徒も同じくらい年寄りだった。教室というのは大人が子どもに教えるものとは限らないんだな、とのぞきこみながら思う。ホワイトボードには『俳句＝渋柿』と大きく書かれてあった。渋柿みたいな人たちが、渋柿みたいな先生の言葉を熱心に聞いている。眺めながら、そういえばじいちゃんが公民館の俳句教室に行くと言っていたはずだったと思い出して探してみたけれども、姿は見あたらなかった。今日は具合でも悪くて休んだのかもしれない、インフルエンザが流行ってるし、と考えながら家に帰ったけど、やっぱり家にじいちゃんはいなかった。日が暮れかかり、母さんが夕飯のしたくをはじめたころにじいちゃんは帰ってきて、リビングのいつもと同じ場所で文庫本を開いた。

　カズを苦しませたインフルエンザは、そのあと勢いよくひろがって、一週間もあけないでクラスは学級閉鎖になった。

　山のように出されていた家庭学習の課題はできるところまでと言われていたからか、

なんとなくやる気が起きなかった。ベッドの上でゲーム機の電源を入れたけどなかなかゲームにも集中できない。電源を入れたり、少しやって切ったり、マンガを開いてまた閉じたりしていたら、玄関のドアが開く音がした。

部屋の窓から、じいちゃんがいつもと同じ濃いめのベージュのコートと同じ色のズボン、紺色のマフラーというかっこうで道に出て、公民館方面に歩いていくのが見えた。そういえば今日はあの、俳句教室の日だった。ふだん静かに文庫本を読んでいるじいちゃんが、あの渋柿みたいな人たちに混じって大声を出しているところを見てみたくなった。

学級閉鎖の間は外出しちゃいけないと言われていたけど、家にはほかに誰もいなかった。母さんは叔母さんと美術館に行っているから、帰りはたぶん夕方になる。クラスの人間に会ったとしてもそれはお互いさまだし、ばれたらそれまでだし。勉強机の椅子に掛けたジャンパーをはおって階段をおりた。

角を曲がると、かなり前のほうにじいちゃんの後ろ姿が見える。公民館までの道はわかっていたから、じゅうぶん広く距離をおきながら進んだ。じいちゃんは、まっすぐに公民館正面の自動ドアに入っていった。公民館のガラス扉は二重になっていて、扉のあいだに、消毒用のボトルが置いてある。中に入っていくじいちゃんを見ておかしい、と思う。このあいだ窓から見えた俳句の教室は、扉を入ったロビーすぐ右側でやっていた気がする。少し考えて、早歩きで公民館の裏側に回った。思ったとおり、待ち構えているとしばらくして公民館の裏側、自転車で来る人たちのための小さい出入口からじいちゃんが出てきて、駐車場のほうに歩いていった。どこに置いてあったのか茶色の紙袋をさげて、今まで見たことがない赤茶色のジャンパーを着ている。ちょっと古くなってくすんだ感じのもので、それを着たじいちゃんは、遠くから見たら、いつものきちんとしたかっこうでいるときと同じ人間だとはわからない。

突然じいちゃんが立ち止まってあたりを見渡したので、目の前に駐車していたマイクロバスの陰に隠れた。じいちゃんが目線を自分自身の周りのあちこちに投げかけているのを、車の表面に鼻先をつけて、半かがみでじっと息を詰めて見ていた。姿を見せないでいると見失うかもしれないし、顔を出すと見つかってしまう。悩みながら考えていると、斜め上あたりから低い声がした。

「なにしてんの」

声が出るのをぎりぎりこらえて、振りむいて上を見ると、縦にも横にも大きい坊主頭の男が立っていた。黒い着物を着ていて、軽く握った手のひらの中からは小さい金属がぶつかる音がしている。男のまわりには十人ぐらいの揃(そろ)いのスモックを着た、顔もお揃いみたいに似ている小さな子どもたちがいて、みんながこっちを見ていた。

じいちゃんのことに集中していて、こんなたくさんの子どもが近くにいたことに気づかなかった。目の前にある車を見てみると、ピンクのマイクロバスにはドラゴンが二頭身にマンガっぽくかかれたイラストと、一文字ずつちがった色のひらがなでかかれた『りゅうおんじようちえん』の文字があった。男は手のひらにあった金属を、自分の顔の横に持ってきて揺らしながら言った。

「クルマ、動かしちゃうけど」

男の手の中の小さな金属が車のカギだということがわかった。気がつくと、じいちゃんの後ろ姿はもうずっと遠くのほうに進んでしまっている。慌てて男に頭を下げて、マイクロバスから離れた。

そのまま川ぞいの道に出てから土手を歩き続けて、土手を降り、橋の下をくぐり、公園を通り抜けて歩道橋を渡った。もうひとつの公園をつっきるようにしてから、商店街を途中まで、もう半分は裏通りを通って、公民館の最寄り駅とちがう一駅離れた駅の近くまで来た。じいちゃんのあとを必死で追いながら、なんだってこんなにややこしい道を選ぶんだろう、と思っていたけれど、理由はすぐにわかった。

駅前のロータリーを囲むように作られている歩道で、少しまわりを見て人がいないのを確認してから、じいちゃんは振り返らないまま声をかけてきた。

「べつになにもないが、ついて来たいか」

うなずいてから、じいちゃんが前をむいたままだったことに気がついて、

「うん」

と答えなおした。

「そのまま、距離を詰めずに」

きっとかなり前から後をつけていたことに気がついてたんだろう。お昼前の駅のまわりは人もすくなかったから、じいちゃんを見失うことはなかった。間隔をあけたまま注意ぶかく後ろをついて行く。駅の券売機で後ろへ並ぶように手で合図をしてきたので、じいちゃんが切符を買った後の券売機の前に立つと、もう九十円が入っていた。金額ぴったりの子ども用切符を買って、ホームではじいちゃんが視界に入るように気をつけながら隣の車両に乗った。三駅で電車を降りて、一駅ぶんくらい、戻る方向に歩いた。

小さな川をふたつ越えて、図書館に入ったと思ったらまた裏口から出て、そんなことをしているうちに、背の高い枯れ色の草が生える野原に出た。ここまでくるともうじいちゃんとは前後に並ぶくらいくっついて進んでいた。枯れたススキは歩くじいちゃんの背中に縦縞(たてじま)模様に動いていく影を作っていて、肩で草を倒し、かき分けながらしばらく

進むと、草で作られた小山に行き着いた。縄文時代の住居みたいにも、畑の積みわらみたいにも見えたけれど、表面の枯れた茎をどけると中からでてきたのはホームセンターでよく見る、ベージュ色のアウトドア用テントだった。

「あそこのケヤキと桜の木、位置関係を覚えて、道は跡がつかないように毎回変えて進む」

じいちゃんはそう言って姿を消すみたいにテントの中に潜っていった。ひとり用くらいの小さいテントだったから少しの間迷って、後ろについて入った。テントの中はいろいろなものが置いてあったけど思ったより広くて、じいちゃんとぼくが座ってもまだ余裕があった。じいちゃんはテントに入るなりくるりと皮をむくみたいに服を脱いで、紙袋に入っていたTシャツとジャージに着替えはじめた。脱いだ服は、ていねいにたたんで紙袋にしまった。

「次からはなにか着替えか、上着を持ってくるといい。インクや土で汚れたり、臭いがついたりすると良くない」

じいちゃんはそう言って、テントの中に置かれた机にむかって正座をすると、その下から半分透き通った紙の束とそれより少し大判の板、ペンみたいなものを取り出した。

「これはロウ原紙、これは鉄筆」

じいちゃんは早口で説明した。

「ロウ原紙をこのヤスリ板の上に置いて、鉄筆で書く。箱の中に紙が入ってる。ロウ原紙に書いたものを刷るときに使うためだ。コンビニのコピー機や家のプリンターはデータが残るし作業しているところを見られる可能性もあるから、使えない」

横に詰まれたダンボール箱はフタのぶぶんが途中まで開いていて、束になった紙が見えていた。のぞきこむと、何枚かもう印刷が済んでいるものが入っている。見おぼえがある、かざり気のない太字のタイトルが見えた。

学校帰りにカズと読んでいた、作者不明のまま町のあちこちに貼られていたカベ新聞だった。質問する間もないまま説明が続く。

「ここは、必要以外のものは置かないようにしている。明かりも、暗くなる時間に気づけないと困るからつけない。食い物も、野良に嗅ぎつけられると厄介だから持ちこまないように。それと」

もう一度、机の下からなにかの紙束を取りだした。折りたたまれた古い紙は、想像よりずっと大きな、テントの床いっぱいに広がる地図だった。拡大したコピーをのりづけして一枚にしてあって、現在地だと指差されたのは意外にも、家からさほど離れていない、自転車とか、がんばれば歩きでも来られるくらいの場所だった。かなり面倒くさい道をたどってきたからそのことにまったく気づかなかった。

もうすぐに地図をたたむから、ここの位置を覚えるようにとじいちゃんが言って、それから黙った。変色してかすれた地図を丸おぼえするつもりで夢中になって見ながら、目が回る気持ちがした。

こんなことってあるんだろうか。社会見学の日の夜、熱が出るような感じに似ていた。家に帰ると母さんがとてもびっくりした顔をして、どうしたの、顔色、ひどいわよ、と額に手を置いて、すぐ手をはなして電話機にむかった。

じいちゃんと新聞の秘密を知った次の日、インフルエンザの診断を受けた。


太陽が沈みかけて、南中の正門をでてくる生徒はもうほとんどいなくなっていた。ノートの表面は、大きいものの隙間に小さいもの、方向もばらばらな『正』の文字で埋まった。もうそろそろおしまいにしようと考えてロビーの時計を見ようとしたときに、ひとりの女子学生がのびた影を引きずって校門から出てきた。

なんだろう、あれは。

ブレザーの裾から見えるか見えないかぐらいまで短いスカートの下に、マーブル柄のカラータイツの足が伸びている。くるくるに巻かれた髪の毛は、金色に染められているみたいだった。夕日に透けて光っていて、こんなに離れた場所からでもつけまつげや化粧がはっきりわかった。あそこまで派手にすると、色っぽいやカワイイではなく、お笑い芸人か、もしくはピエロだ。

見ていると、夕焼けの、ひとりぼっちの、影の長いピエロはこちらに気づいた。こっちにむかってにらんでいるみたいだった。

〝ナニ見てんの〟

と口が動いたのが見えた。あわてて帽子を深くかぶりなおして、資料集に目を伏せていると、しばらくしてピエロの姿もなくなった。ちょっと安心してノートの『上』のところに一本の線を足したのとほぼいっしょのタイミングで、五時のチャイムが鳴った。明日は北中の前で同じようにデータを取らなきゃいけない。ノートを閉じて資料集を戻した。

テントの中で座って待っていたじいちゃんに、『正』の字で埋めつくされたページを表に開いてノートを手渡した。まじめな顔で受け取ったノートを眺めながらなにやらブツブツとひとりごとを言って、それからじいちゃんはノートを机の上の右側に置くと、鉄筆を持った。

『町内中学校の女子　スカートの長さ比較』

今回の調査は、女子中学生のスカートが膝上の長さか、下の長さかというものだった。上と下に分けられたたくさんの『正』の字を見つめながら、考え込んでは鉄筆を走らせるじいちゃんを座りながら見ている。

新聞に特集される記事の内容は、毎号いろいろだった。名インコお手がら、だとか、三つ子ちゃん並んで同じ坂道で転ぶ、といったどうでもいいようなことから、駅前にある石碑の由来みたいな、調べるのもむずかしくて、知ってみるとけっこうためになるようなことも書かれている。ふたりで新聞を作るようになってからは、集めてきた情報をもとにして、じいちゃんが考えて記事にすることが多かった。ほとんどの場合、じいちゃんが記事の内容を決める。今回のように、らしくないために意外に思う記事になることもあるけど、書いているのがじいちゃんだとばれないようにわざといろんなテーマで書いているんだろう。そのぐらい注意ぶかく、新聞は作られていた。

「スカート短い人が一番多かったのは二中だった」

「そうなるな」

「だったら一番不良が多いのが二中？」

「記事を見る人の中にはそう思う人もいるだろうな。逆に、おしゃれだ、自由だと思う人もいる。それは、我々の仕事じゃない。読む人がすることだ。この間言った話、覚えてるか」

「たくさんの数字が意味を持つ、ってやつ？」

「数字だけじゃない。たくさんの小さい豆知識だとか浅知恵だとか、意見だとか、そういったものがいっぱい集まる。ふつうに考えて、関係ないような見当はずれな言葉でさえ、その集まったものが人間の脳みそみたいに精神とか、意志、倫理なんかを持っているように見える場合がある」

「合体ロボみたいな？」

とたずねると、振り返ってちょっと顔をしかめたあと、言った。

「まあ、まったくの見当ちがいじゃないけどな」

「正義の味方？」

「それはわからん」

「中野サト、あんたはなにか、よからぬことをたくらんでいるね」

昼休み、カズとふたりで校庭のタイヤに座ってしゃべっているとき、目の前に来た女子がきっぱりそんなことを言い切った。

「誰こいつ」

カズが小さい声できいてきたけど、どんなに思い出そうとがんばっても、目の前にいる女子の名前や顔に覚えがない。少なくとも同じ学年の女子ではなさそうだった。

一度見たら忘れることなんてまずなさそうな顔だ。女子の顔を改めて観察する。ふたつにお下げにしている艶のない髪の毛は、結ぶ高さが違ってちぐはぐになっている。前髪は長めに広がるように広いおでこに垂れて、ほっぺたいっぱいに広がったソバカスに目が行くいちばんの理由は、たぶんその顔の平べったさと目の間の広さだ。鼻の低いのもあって顔の中心がものすごく平坦に、なんならえぐれて見えた。真ん中に立てた鏡を置いたみたいな顔だ、と思った。

「アンタのその秘密、ばらされたくなかったら」

と言ったのを上から消すみたいにして、昼休みが終わるチャイムが鳴った。

「なんだったんだ、あいつ」

教室に戻って理科の実験をしている間もずっと、カズはさっきのことをおもしろがってでもいる感じで、あの女子のことを話していた。クラスの女子のうち半分くらいがあの女子のことを知っていた。山本ハナというらしい。ひとつ上の学年にいる生徒で、性格や見た目が変わっているというのがいちばんの目立つ理由みたいではあったけれども、父親が酒を飲んで駅前であばれたとか、住んでいる団地がゴミだらけになって臭いのせいで近所の人たちとトラブルになっているだとか、そんなことで有名なんだと聞いているうち、不安でしかたなくなってきた。ああいうタイプの人間は友だちにいないから、どういう考え方で、なにを言いだすか思いもつかなかった。まわりの注意を引くために、どんなうわさを広めるかもわからない。

学校の帰り、カズと別々の道を歩きはじめてすぐ山本ハナが声をかけてきた。ガードレールに座っている。ひとりになるのを狙って待ちぶせしてたのかもしれない。ハナは離れた目の間に自分の指先を近づけて、寄り目になってツメの間のゴミを取りながら言った。

「あんたは、身に覚えがあるから私のこと、無視しないんだ」

するどい、と思った。どこかでなにか変なことをしているのを見られてでもいない限り、知り合いでもないハナにこんな文句をつけられることなんてないはずだった。少し考えただけでも思い当たることはいくつかある。しかもそれはぜんぶ、じいちゃんと関わりのあることばかりだった。まさか、あれだけ注意していた新聞のことがばれているとは思えないけれども、だとしたらハナが言う「よからぬたくらみ」とやらは、どういうものなんだろう。

でも、もし、まんがいち、ほんとうにじいちゃんのことを知られていたとしたら。いや、そうでなかったとしても、今こうやって、カズがいない場所でハナとふたりで話せるのはむしろ良いことなのかもしれないと思い直して、

「おまえなに見たっていうんだよ」

とせいいっぱい強気に言った。なめられたくないと思ってだした言葉だったのに、口に出してみるとものすごく変な気持ちがして、続きが出てこなかった。声に出した自分が、言葉の強さに負けたみたいな気分だった。その空気を感じ取っただけ、ハナのほうが余裕のある立場になってしまった。

「まあ、家にくればわかるよ」

ハナはそう言ってガードレールから降りて、こっちを見ることも手招きをすることもなく進んだ。

「うちこのすぐ裏だからさ、くりゃいいじゃん」

どうやらハナは、自分の家にこいと言っているらしい。もちろん薄気味悪いしイヤだったけど、それでもハナの後ろをついて行くしかなかった。

県営住宅の二階にあるハナの家は、玄関を入る前の廊下からもうコンビニやスーパーのビニール袋だらけだった。ゴミがいっぱいに詰まって丸々と膨れたものがいくつも積

まれたり、崩れて転がっていたりして、近づくと変わった臭いがした。少なくともこのときまでは学校で聞いたうわさの通りだった。

ハナは首元からヒモを引っぱりあげてトレーナーの中からカギを出すと、ノブの下に差しこんだ。玄関先からなにかが転げ出そうになるのをものすごい反射神経でけとばして、押しこめるみたいにして入ってから、アゴで招かれた。中はもっとひどかった。床がゴミでかさ増しされているせいか全体的に暗くて狭くて、電気がついていてあまり広くないのに、まわりを見渡すことがむずかしいくらいだった。雪山を越えるみたいに、たぶんいちばん臭いのきついキッチンと、おふろとトイレのドアの前を歩いて、日光が少し入っている、たぶんリビングにあたる部屋についた。

「座りなよ」

ハナは、ゴミなのか洗たく物なのかわからない、足元のぐしゃぐしゃになっている場所に足先をつっこんで、乱暴にぐるぐるとかき回した。足を抜くと、ちょうど直径四十センチくらいの丸い形に床が見えた。ハナはさらにもう少し離れた場所に同じようにぐるぐるとやって円形状の床の空間を作って、器用にその中へすっぽりと座って、そばにあったゴミ、たぶん昨日とか今朝とかに食事をした残りのコンビニ弁当のカラなんかが入ったビニール袋の中から、大きいペットボトルのオレンジジュースが残っているのをさぐりだした。フタをひねって鼻先で二、三度クンクンとやってからそのまま口をつけて、おもちゃみたいな色のジュースを飲む。それまでの動作が流れるように自然だったので感心してしまった。

足元にある、ハナが作ってくれた床の空間に、なかなか座る気になれなくて立っている。見下ろす円形の床に、狙いを定めてハナのように見事にすっぽり収まれる自信がなかった。

「さっきの話なんだけど」

立ったままで切り出した。ペットボトルをあおりながら自分のことを見あげていたハナは、

「もう少しで、姉ちゃんが帰ってくるからさ、楽しみにしてなよ」

と笑う。何を言っているのかぜんぜんわからなかったので言い返すこともできず、ただ立っているしかなかった。部屋は汚れているのをまわりに見られないようにカーテンが引いてあって、よけいにホコリっぽさとかカビ臭さを増しているみたいに思えた。ハナのペットボトルの少しだけ残っていたジュースがなくなるころに、玄関が開く音がした。

部屋のドアのあたりを見ていたハナのうす笑いは、ドアが開く少し前に固まった。ち

がう、と口だけ動いた。ドアを開けたのは、ハナのお姉ちゃんではなさそうだった。お兄さんというにはちょっと歳がいっていて、かといってあまりにも親っぽい感じのない男の人だった。髪の毛は金髪に近い茶色で短く刈り込まれ、動きや顔つきを見ただけで、酒を飲んでいるということが初対面でも明らかだった。Tシャツは首のところがのびきっていて、お腹のところに大きく『DOG』と書かれていた。

「おかえりなさい」

その言葉は、今までハナの口から出ていた、自信たっぷりなものとまったく別の種類のものに聞こえた。ハナは怯えているようにも見えたし、ちょっと諦めたような、冷めた感じにも見えた。

「なんだこのガキ」

男はこちらを見ないままハナに言った。

「なにって、友だち」

ハナが片手で軽く背中をこづいてきて、それから小さくアゴと目線で部屋のそとをさした。ゴミに足を取られながらこそこそと外にでているあいだ、男もハナも、まるでふたり以外はこの部屋にいないと決めたように、一回もこっちを見てこなかった。

玄関をでて、団地の階段で座って待っていると、ハナがいくつかの服やタオルを抱えて早足ででてきた。そうして階段の踊り場にある柵から上半身を乗り出して、団地の外、植え込みのあるところにむかって、さっき飲んでいたオレンジジュースと同じ、おもちゃみたいな色の液体をものすごい勢いで口から噴き出した。吐いたものはしぶきをあげて夕焼けに光った。背中の筋肉をしぼるみたいに動かして残りのジュースをもう二回小さく吐いたあと、そのままこっちを見ないで階段を降りはじめたので、立ちあがってあとをついて行った。

洗濯物を洗っている公園の水道の水は冷たくて、あっという間に両手の感覚はなくなった。

「いいんだけど。手伝ってくんなくても」

ハナの顔は平らな部分が真っ赤に腫れて、垂れてはいないけど鼻の穴には血みたいなものがこびりついて固まっているのが見えた。

「痛くないの」

「慣れた」

「行かないの、警察とか相談所とか」

その言葉で、今までずっとふて腐れていて、でも妙に冷静だったハナが、とつぜん泣きそうな声で、

「いやだ、絶対そんなとこに行かない。言わないでよ誰にも。お願いだから」

と、頼むみたいな言いかたをした。

それからはまた、ふたりで黙って、背中を丸めて公園の水のみ場にしゃがんでタオルや靴下を洗っていた。

しばらくして、背中の上から声がした。

「あー、またこんなことやらされてるし」

ハナが顔を上げる、声がはずんだ。

「ユメ、ユメおかえり」

振り返ると、目の前に見覚えのあるマーブル模様にプリントされたカラータイツの足があった。

「こっぴどくやられたねえ」

そう言ってハナの顔を見て、それから視線をこちらにむけると、あれ、という表情をした。

ハナの姉のユメというのは、スカートの長さ調査の時に目が合った、ピエロみたいなかっこうをした女子中学生だった。あのときと同じような柄タイツに、ふざけているみたいに短いプリーツのスカート、巻き髪は今日、ふたつに束ねられていた。ハナと似ているのかどうかは、とんでもない化粧のせいで、ちょっとわからなかった。

「あんたユメのことエロい目で見てたんだって？」

いままで忘れていたけど、どうやらハナが話しかけてくるきっかけになった『よからぬたくらみ』というのは、ハナの姉のピエロ女子を待ちぶせて見つめていたという勘ちがいのことだったのかもしれない。

「いや、それはちがう」

とりあえずそのことは言わなくちゃいけないと思ったけれど、ハナは信じてくれない気がした。

「いいけどね、ユメはアンタみたいなガキ、相手にしないし。超すごいカレシがいるから」

ハナはなんでかぜんぜんわからないけど自慢げに言った。

「ばかなこと言ってないで顔冷やしなよ。腫れ引かなかったらまた学校休ませるよ」

ハナはユメに抱え上げられて公園のベンチに座らされると、

「これでしばらく押さえて」

と、ぬれたタオルを頬に当てられた。ずいぶんと手際がいいので、ユメのほうもこういうことには慣れているんだろうと思えた。少なくとも、今日が初めてじゃなさそうだった。

「変なことに巻きこんじゃったんだね。ごめんなさい」

ユメは水のみ場に戻ってきてしゃがみながら、声を掛けてきた。

意外だった。ユメは、想像するよりずっときちんとした言葉を使ってしゃべった。しゃべりかたも態度も、ハナどころか周りの大人たちよりも、ずっとていねいだった。見た目がピエロなのに。

「あ、はい、いえ」

となんとなく返事をしただけで、けっきょく、気になることはなにもきけなかった。家族のことも、なぜ警察に言わないのかということもわからないままだったけれども、そんなことをきいていいのか悩みながら、ただタオルをすすぎ続けた。すぐ隣でしゃがんでみて初めて、柄タイツに透けて見えた脚がアザだらけだったことがわかった。驚いて顔を見ると、化粧やつけまつげで飾られていた顔にも、同じような内出血らしい紫色がうすく見えた。ユメは洗っている途中のぬれた服やタオルを、自分の制服がぬれるのも気にせず抱えて持つと立ち上がって、言った。

「寒いし、まとめてやっちゃおう」

コインランドリーの細長い空間はむしむししたけど、公園の水のみ場の寒さとくらべたら天国みたいだった。ユメに買ってもらった紙パックのバナナミルクを飲みながら、ベンチに三人並んで座って、小さい丸窓の中で回転するタオルをずっと見ている。こういう場所に入るのは初めてだった。床に座って牛丼を食べている若い男の人や、髪の毛にカーラーをつけたまんまでスマホの動画を集中して見ている女の人がいるのがおもしろかった。それに、ふだん自分の家で一台しか見ない洗濯機が、あまり広くない場所に集められて何台も並んでいるのを眺めているのもわりと楽しかった。とくに、ふつうの電器屋にもないような銀色の大きな乾燥機が並んでいるのが、潜水艦の窓みたいで気に入った。

冷やした効果があったんだろう、ハナの顔は口の端や小鼻の周辺が若干赤くなっていたけれど腫れはもうだいぶひいて、鼻歌を歌いながらイチゴミルクを飲んでいる。雑誌をめくっているユメを見つめては、たまに決してかわいげがあるとは言えない感じの笑顔でこっちに目配せをしてくる。ハナの勘ちがいには困ったけれど、じいちゃんとのことがばれていなかったみたいでひとまずは安心した。でも今は、それよりもずっと気になるいくつかのことがある。

あのときハナと父親を部屋に残したのがまちがいだったんじゃないのか。というか、今日起こったことは、ほんとうにあったことなんだろうか。もし自分の身にこんなことが起こったとして、こんなふうに、さっき飲んだオレンジジュースをそのまんま吐いたばかりなのに、笑ってまたイチゴミルクを飲んでいられるんだろうか。

自分の家に帰ったあとも、ずっと考えていた。今日初めて会ったハナと、その少し前に目撃していて、偶然もう一度会った女ピエロ、ハナの姉のユメと、その父親。

この町にかぎらなくても、家族なんて多少のちがいがあったってみんな同じように生きてるとばっかり思っていた。

家に帰ると母さんが夕ごはんを作っていて、できたころ父さんが帰ってくる。母さんが、父さんにおかえりを言う前に小さい声でつぶやいた。

「おじいちゃん遅いね」

八時になってもじいちゃんは帰ってこなかった。父さんは公民館や図書館を回ると言って、母さんも近くを探すからと出て行った。連絡があるかもしれないから、待つようにと言われて、リビングでなやんでいた。

こんなことになってしまったんだから、あの、じいちゃんとの秘密の場所をみんなに教えなくちゃいけないのかもしれない。それとも今、こっそりとひとりで見に行ったほうがいいのかも。下をむいて考えて、目を上げて時計を見る、ということを何度も繰り返した。九時を過ぎたあたりに父さんも母さんも戻ってきたけれど、まだじいちゃんは帰ってきていなかったし、それらしい情報も連絡もなかった。リビングに集まって三人で話をする。

「具合が悪くなってても、どこかで休ませてもらえてるといいんだけど」

「警察に伝えるのは明日のほうが」

「実は」

考えていたことを言おうとして口を開くより先に、母さんが切り出した。

「おじいちゃん、この間の検診で少し記憶の機能に問題があるかもしれないって言われたから」

母さんも最初はまさか、と思ったので家族には言わないでいたらしい。今日だってじいちゃんは本を読んだり、散歩したり、いつもと変わりなくみえた。だからこんなことが起こるなんて、母さんだけでなくてみんな思ってもなかった。

「ただ、思いあたることがないわけじゃなくて」

と母さんが話すのをさえぎって言い出そうとして、でも言えなかった。じいちゃんはお医者さんから見たらそりゃ少しは病気なのかもしれないけど、それでもその、母さんの考えているいくつかの「思いあたること」は、秘密があるのをばれないようにひとまずはうまくごまかせていて、だから母さんがちょっとおかしいと感じているだけだ。

　でもそれをしゃべってしまったら、病気じゃないことの証明のために、じいちゃんが大切にしているものを台なしにしてしまったら、それがかえって、もっとひどいことになってしまうんじゃないか、という気もした。

　ドアの音がした。三人で玄関に行くと、泥だらけになったじいちゃんがいた。

「お義父さん」

「土手で足を滑らせてしまって。少し動けないでいたんだ。遅くなって、心配を掛けて申し訳ない」

「いいんですよ。無事でよかった、ほんとうに。おふろわいてますよ」

　母さんの言葉にじいちゃんはゆっくりと、ちょっとよろつきながら玄関を上がって、こっちには目も合わせないまま廊下をおふろのほうへ進んでいった。

　そのあとのしばらくのあいだは、学校が終わっても友だちと遊んで過ごした。たまに秘密の場所に行ってみても、テントの中は空っぽだった。遅くまで帰ってこなかったあのとき以来、じいちゃんは家族のすすめで簡単な操作で使える携帯電話を持つようになった。でも、少なくとも学校から帰るくらいにはもうじいちゃんは家にいたから、それが使われることはなかった。家の中では、新聞のことについてはもちろん、ふつうの会話もあまりしなかったから、じいちゃんにずっとなにをきくこともできないままだった。

新聞を手伝いはじめたころは、なかなかうまくテントにたどり着くことができなくて、あちこち迷うことがあった。そのせいで、うろうろしながらややこしい道をたくさん使ったときには、町のいろんな場所とか近道を知ることもできたので、けっきょくはいいことだったと、じいちゃんにほめられた。

といっても、自分がずっと住んでいる町で道に迷うのは、想像していたよりずっと恐いことだった。少し前までいつも歩いている道を進んでいたと思ったら、いきなり、一歩進んだだけで見たことのない場所に変わる。見たことのある風景と、まったく知らない風景が通路や曲がり角ひとつ過ぎるだけで混ざり合っているのは、もともと知らない場所で迷うよりもずっと不安な感じがした。

一度、入ったことのない神社に迷いこんでしまった。小さい無人の神社だと思っていたのに、入ってみると意外と中は広かった。社務所はあったみたいだけど管理に手が回らなくて石畳の隙間から長い草が生えているような、荒れたところだった。まだ夕方前なのに背の高い杉の木が多いせいでうす暗くて、高台にあるから木の隙間から町を見おろす風景がちらちらと見えた。もう一段高いところには、小さい休憩所らしいものがひとつ見えた。ひょっとすると、まわりはぜんぶこの小さな神社の敷地なのかもしれない。だとしたら、びっくりするほど大きい神社だ。町の中にこんなところがあるなんて、ちょっと信じられなかった。

木の根っこや石畳で地面がでこぼこしていたし、暗かったのもあって、いつもの歩幅の半分ぐらいずつ確かめるみたいにして歩く。

「なにかようかい」

耳のすぐ裏のあたりから声がして振りむくと、薄暗いところにいた声の持ち主は薄茶色の浴衣姿で、お面をかぶっていた。お祭りなんかでよく見るヒーローもののお面じゃなくて、白い表面に、口や耳のあたりに血のように赤い色が入っている、とがった耳や鼻の形からすると狐のような生きものの顔をしたお面だった。暗かったので、こんなそばにいたことに気づかなかった。

声も出せずにすーー、と細い息を吐きながら尻餅をついたあと、やっとの思いで言った。

「その言葉、ダジャレですか」

「ごめんごめん、こんなんじゃ驚かしてしまいますね」

男はそう言って、お面の鼻先をつまんで、顔から引き剝がして上にずらすと額にのせた。じいちゃんと同じくらいの、もう少し丸い感じの男だった。なんだか見覚えがあったから、少しのあいだ考えて、思いだした。

「渋柿」

じいちゃんが通っていた、正確には通っているとウソをついていた俳句教室で、年寄りの生徒たちを教えていた渋柿の先生だった。渋柿はていねいに頭を下げてから、手を差しだして引き起こしてくれたあと腰を落とし、ズボンの土を払ってくれた。気づかれないように注意深く鼻だけでふたつ深呼吸をしてから、尋ねた。

「神社で働いているんですか」

「いいや、そうではないんですけれども、ここでいつも練習をしているので」

「ひとりで」

「はい、ふだんはあまり人がいない場所なんですが、たまに散歩なのか、どこに住んでいるのかわからない女の子が来ます」

こんなところに？　と言いそうになって、やめた。

「でも、今日は君がいました。だから、せっかくだしいつもとちがう人にも見てもらいましょう」

そう言いながら渋柿は、足元に置いていた古びた革製のトランクを開けごそごそとやり始めた。まず額にのっている狐のお面を外してトランクにしまう。代わりに取りだした、上が平たくなっている麦わら帽子をかぶり、耳にかける部分がヒモの輪でできた丸いメガネをかける。渋柿が着ている浴衣とよく似合っているなと思った。

「なんの練習ですか」

目の前に、ぼ、と青緑色をした火の玉がひとつ浮かんだ。びっくりしてのけぞると、その火の玉は白い一羽の鳩になって、したくが終わって立ち上がった渋柿の出す人差し指に二、三回羽ばたいてから羽を閉じてとまった。

「手品」

と言いながら、鳩にかぶせるように渋柿は自分の麦わら帽子をかざして、それから内側を見せるように返すと、もう帽子の中にも人差し指にも鳩はいなかった。代わりに指の先で一本の、ひとめで造花とわかる派手なピンクのバラをつまんで持っている。大げさな勢いをつけて、エイヤ、みたいなかけ声といっしょにバラを空中に放り投げる。バラは空中で同じ派手なピンク色をしたハンカチくらいの布に変わって、ふわふわ落ちてくる。渋柿がそれを下からつかんで揉みこむようにすると、中から何枚かの羽毛を散らして、さっき消えた鳩が羽をぱたぱたさせながら出てきた。起こっているふしぎなできごとと、型どおりに決められたていねいで無駄がない動きは、ほんとうの魔法みたいに見えた。

渋柿は、

「手品を見るときに人は、まったく反対の気持ちが産まれるんです。そのたねを知りたい、という気持ちと、一番完全な形でまんまとだまされたい、という気持ち。私たちは、その葛藤の隙間を見てもらうんです」

そう言うと帽子をとって一礼して、鳩を肩に乗せたままトランクを持って歩いていってしまった。

その日からしばらくわざと神社を通ったけど、渋柿には会えなかった。


「あれ、中野サト」

川の土手で座っているときに声をかけてきたのはハナだった。久しぶりに会ったハナは、やっぱり顔が平らで、この間より若干髪が短くなっているけれどもボサっとした印象に変わりがなかった。眺めていると嬉しそうに、ユメに切ってもらったんだと言った。傷は時間がたってよくなっていたように見えたけれども、そことは別の、口の端にまた違った内出血を作っていたみたいだった。ハナはジャージの上下という、寝るときみたいなかっこうをしている。ここはハナの家からそうとう離れているのに、ちょっとおかしいなと考えていると、ハナは横にしゃがんで、ジャージのズボンからアメをひとつ差しだしてきて、自分でもひとつ食べた。個包装のビニールごと口に入れて、歯でアメをしごいて器用にビニールだけを口から抜き取る。手のひらにアメを載せたままその様子を見て、自分もやってみたいという気持ちになったけれども、ハナのようにできる自信がなかった。この間、ハナの家に行って床にしゃがむときにも同じ気持ちがしたのを思い出した。

「ごめん、こないだ。ウチで」

「大丈夫なの。ケガ」

「ああうん、最近オヤジきげん悪いし面倒くせえの」

ハナの父親は日雇いなので、仕事が少ない日は早めに帰ってきたり、時にはなんの仕事をすることもなく家にいると言った。そんなときは父親のきげんもすこぶる悪く、そこでハナはこの町内をどこということなく散歩して、姉が帰宅するまでの時間をつぶしているらしい。

「ゲーセンで産まれたんだよね私」

最初、ハナの言葉の意味がよくわからなくて返事をしなかった。ハナは返事がなかったことを気にとめないふうで続けた。

「プリクラのブースでお母さんは私を産んだんだよ。これ、すごくない？」

驚いた。ハナは自慢をしている。

たしかにゲームセンターの中でもプリクラは端っこにあってカーテンで仕切られてるし、いくつもあれば目立たないのかもしれない。

「すごく私が冷たかったんだって。それで、プリクラの機械に立てかけてあった発泡スチロールの入れ物にひとまず私を入れたんだって。でもそれ、ＵＦＯキャッチャーで取ったオモチャの銃の空き箱のゴミだったらしくって」

ハナが手首をつかんできた。ちょっとびっくりしたけど、振り払うことはしなかった。ハナは自分の首から後頭部の所に手首を持っていって触らせてきた。ハナの髪の毛は見た目ほどごわついてはいなかったどころか、毛が細くて、ふわっとしていた。そのことを言うと、きっとハナはユメのシャンプーがいいんだと言って自慢するんだろう。

「その発泡スチロールの入れ物の内側が銃の形にへこんでて、そこに無理やりはめこまれてしばらく置いとかれたから、ここの形が変なんだ」

ハナは手首をつかんだまま、自分の後頭部にあてがってさぐらせるように動かした。手のひらの感触ではたしかに、ハナの後頭部から首筋にかけて、人の体にはあまりない直線的なカドがあるのがわかった。

「ほんとだ、ほんとだ」

ふつうに産まれて育ってきた人間にはないはずの、そのかくんとしたところがおもしろかった。確かめるみたいに何度もその部分を押さえて、そのたびにつぶやく。ハナは少しのあいだ満足そうに目を閉じていたけど、しばらくして目を開けて、川のほうを見て言った。

「あのじいさん」

川の水ぎわで、上体を大きく揺らしながら足をもつれさせて歩くじいちゃんが目に入った。スーパーのビニールバッグや汚れた布の袋みたいなものを重そうにいくつもぶら下げている。一歩ごとに転びそうに左右によろけた。目が離せないでいると、先に口を開いたのはハナだった。おぼつかない足取りのじいちゃんを見ながらハナの言葉の続きを聞く。

「昨日は川むこうの公園で見たよ。その前は駅の裏手の駐輪場のあたりだったかな。結構最近よく見るんだよ、あのじいさん。あれさ、袋の中になにが入ってると思う？」

ハナはもう少し続けた。

「すごいんだよ。あの袋さあ、パンパンに石入ってって。ただの石だよ？　こないだ転んだときにぶちまけたんだけど、だいじそうに拾ってんの。もう、アレだね。絶対ボケちゃってるねあのじいさん」

声を出さないで、鼻息だけで笑ったハナのほっぺたの内側、上下の奥歯に挟まれていたアメが砕ける音が聞こえた。立ちあがって、家にむかって歩いた。一歩ごとに歩幅が少しずつ広がって、だんだん小走りになって、それから全力で走った。

汗びっしょりで泥だらけのじいちゃんが宝物みたいにして運んでいたのは、ただの石ころだった。

むずかしそうな本を読んで、たくさんのことを教えてくれたじいちゃんが、じつはこの世界にはもう存在していないんじゃないか、どんなに全力で走ってもじいちゃんに追いつかないんじゃないかと思えた。でも、泣きそうな気持ちにはならなかった。

その日もじいちゃんは、ほんの少し遅くなったけどまあまあふつうの時間に、いつものシャツ姿で帰ってきたし、次の日にテントに行ってみても、やっぱりなにもなかった。

いつもの学校からの帰り道、カズがあげた声を二度、聞き返した。

「だから、久しぶりに新聞でてるんだって」

カズの視線を追ったら、いつもの広場のカベに見なれたサイズの紙が貼りだされているのが見えた。カズに焦ってることをへんに思われないくらいの早歩きでカベに近づくと、いつもの太字で書かれたタイトルがあった。ただ、いつも通りなのはそこまでだった。

「なんだよ。久しぶりだと思ったらサイシュウカイだってよ」

タイトルの横に書いてある三文字の漢字を見てカズは言った。ふりがながふられていたけれども、漢字だけを見てもわかるのは、マンガ雑誌で見なれていたからだった。今までおうえんありがとう。新れんさいをお楽しみにっていうやつだ。

いつもの細かくてていねいな文字はなかった。かわりに、ばらばらの水玉模様みたいな薄い色の丸印がいくつもついている。

カズが新聞を眺めている横から、すり抜けて家に帰った。

じいちゃんがまだ新聞を作っていた。ただ、それは最終回で、そしてなにも書かれていなかった。自分が知らないうちにいろんなことが進んでしまっていることについてだとか、新聞の内容についても、いったいどういうことなのかききたい、手伝わせてくれなかったことにも文句を言いたい気持ちがあった。ただ、どちらにしてもわくわくしていることに変わりはなかった。

「ただいま」

家に帰ると母さんがバスタオルを紙袋に詰めていた。

「おかえり」

母さんは続けた。

「おじいちゃん、お昼過ぎに家に帰ってきてすぐ倒れてね、今日から入院することになったから」

*

あのころは、腕だって今より絶対短かったはずだし、こんなに深く埋めることができたんだろうか。

雨はやんでいたけど、土は水分をたっぷり含んでいて、ひじから先が泥だらけになった。かつて静吉がいたテントはすでにほとんど元の形を失っていたものの、傷んだ古い文机はかろうじてこの穴を守ってくれていたらしかった。

土の中から掘り出した箱はスチールでできた菓子缶で、子どものころ、穴の中に戻したときよりもさらに古びて、そのうえひどく錆びてしまっている。缶の表面についた土を手のひらで拭って、それからしっかり閉まったフタに爪をかけ、力を入れて開けた。

中にはいくつかの紙が、あのときと変わらないまま腐ることなく入っていた。

まず、四枚の質がよさそうな厚手の紙。黄色っぽいのは古いせいかもしれないけれども、前に見たときも同じような色をしていたかもしれない。それは英語で書かれたなにかの書類だった。文字によってはかすれていたり、逆に濃くですぎて滲(にじ)んでいるところもある。文字の部分が紙に押しつけられたみたいに少しへこんで、表面を触るとでこぼこしていた。一文字ずつ、スタンプのようにして印字されている。いま見ると、これがタイプライターで打たれているものだというのがわかる。子どものころ見つけたときにはわからなかった文章の内容も、ぼんやりとではあるけれど理解ができた。なにかの契約書みたいなもの。外国の、なにかを注文したときに交わした約束ごとみたいな書類だった。最後の一枚にはペンで英語のサインがしてある。ていねいな英字で誰かの名前が書かれている。知らない名前だけどこれは静吉自身が自分とは別の名前を、注意ぶかく書き入れたものだということが、今となったらきちんと理解できた。

箱の下のほうには、しわくちゃの紙幣が何枚か入っていた。おそらくいろんな国の、デザインや文字が刷られた見たこともないものがごちゃ混ぜになっている。

あのとき、テントでこの箱を見つけて中から一枚だけ盗みだしていたものをポケットから出す。日本のものであることはまちがいないように思えたその千円札は、知っているどんな日本の紙幣ともデザインがちがっていた。

たしかそのとき、これは昔のお金だと思ったんだろう。調べるつもりで、少し借りようと取り出していたんだった。

調べるのも返しに来るのも、ずいぶん遅くなってしまった。

最後に、箱の底には手のひらにのるくらいの折鶴が入っていた。これは、子どものころには気づかなかった。あのときこんなものが入ってただろうか。

缶の中から折鶴だけをつまみだして、持ってきた千円札は缶に戻す。折鶴をポケットに突っこんでから、残ったものは缶の中にすべて戻して、フタをしめた。

もとあった穴の中に収めて、掘り広げた穴を少し埋め直して板とビニールシートでふさいで上からやわらかく土をかぶせる。手が湿った土で汚れたのをはたいてパンツの生地で拭いながら、公園のそばにとめてある車にもどる。

＊

なにかの治療を済ませて個室に移されたじいちゃんは、喉や鼻にビニールの管のついたかっこうで、薬が効いているのか元々それが正常なのか、静かに眠っていた。若くて声の小さい救急の先生は、何日かは目がさめないかもしれない、目がさめても元と同じようになるのには少し時間がかかるかもしれないと説明をしてくれた。

じいちゃんの寝ている病室ではなく、誰もいない待合室に座っていると、夕方が過ぎて暗くなってから父さんがスーツを着たまま病院に来た。仕事帰りの通勤かばんといっしょに、コンビニのビニール袋をぶら下げている。父さんは隣にきて座ると、袋の中から小さなパックの牛乳とサンドイッチをだして手渡してきた。そうして自分はおにぎりのフィルムを剝ぎ取りながら話をはじめた。

父さん、おじいちゃんとあまりたくさん思い出がないんだよな。父さんの小さいころはこの町にも工場がいっぱいあって、っていっても、何人かでやっているような小さい工場だったけど。

おじいちゃんはいつも、ほんとうに忙しそうで、今みたいに土曜日がお休みじゃないし、夜遅くまでどこの工場の明かりもついていて、ずっと中の機械が動いてた。父さんが起きてきたときには、おじいちゃんはもう仕事にでていたし、学校が終わって夕ごはんの時間になってもおふろからあがっても、おじいちゃんは帰ってこなかった。

おじいちゃんはこの町からかなり離れたところで産まれて、いまでいったらまだ高校生みたいな若いころに、仕事をするためにこの町にきたんだ。そのころ、たくさんの若い人がおじいちゃんと同じように遠い町から夜行列車に乗って仕事をしにやってきた。国がそういうことを進めていたんだ。今みたいに新幹線とかＬＣＣとか、高速バスみたいなものもない時代だったから、仕事をはじめてしまったらもう田舎に帰ることなんてほとんど、考えられなかったんだろうな。だから父さんはおじいちゃんの育った町とか、おじいちゃんのお父さんとお母さんのこととかは、よく知らないんだ。おじいちゃんと遊ぶこともあまりなかった。キャッチボールとか、海に行ったりもしなかったし、もちろん、遊園地に連れて行ってもらったことなんてなかった。

父さんの話が途切れると、暗い待合室で、サンドイッチのフィルムを外す音と、おにぎりの海苔(のり)をかむ音、飲みこむときの音だけがひびくみたいに聞こえてきて、それからまた、父さんが話をはじめた。

「そういえば」

町に、移動遊園地なるものがやってきたことがあった。朝起きたら、広場にいきなり遊園地ができていたんだ、寝ぼけていたのか、さもなければ町のみんなにだまされているみたいだった、と父さんは言った。その移動遊園地は、父さんが野球帽をかぶっていたぐらいの子どものころ町にやってきた。ただ、どこかの広い空地にきたのは覚えているけれどもそれがいったい町のどのあたりだったか、今みたいに整理されていない、小さい工場と空地だらけの町だったから忘れてしまった。とにかく遊園地は町の中のどこかの広場についた。

まず、巨大な張りぼての象の頭があった。今思えば、マンモスやナウマン象のようなものだったかもしれないし、ひょっとしたらインドの神様なんかだったのかもしれない。あるだろ、インド料理屋の奥にあるみたいな。ようするに、牙があって、耳が大きくて、鼻の長い生きものの頭が、トラックの先頭にへばりついていた。張りぼてというよりはからくりじかけの装置みたいなもので、耳や鼻には蝶つがい状の金属や歯車がいくつも組みこまれていて、細かく区分けされた部品同士はワイヤーや油圧のピストンでつながれているのが見えた。みんな、本物の象を見るよりも興奮していた。象は動物園に行けば見ることができるけど、本物の象と同じくらい大きくて動く、象の首のニセモノなんて見たことがなかったから。トラックは移動遊園地の荷物を運ぶ以外にも、パレードのときの山車(だし)も兼ねているみたいだった。運転席のスイッチやレバーで象の目が光ったり、鼻や耳が動いたりした。部品も丸見えでかなり適当な作りの割にどういうわけだか動き始めるとそれが妙にリアルで、ほんとうに象の首を生きたままトラックに継いだように見えた。

ほかにもからくりの作り物は、たとえばギリシャ彫刻風の白い女神像だとか、巻貝に入ったイカのお化けのようなもの(父さんはアンモナイトと言ったけど、色や貝の形状を聞いていると、オウムガイだろうと思えた)、恐竜の骨格標本、どれも巨大で、そして本物みたいに動いた。

「いや、女神像や恐竜の化石の本物はもともと動かないな」

と、父さんは自分で言って自分で笑ったけれど、さほどおもしろいと思わなかった。

張りぼてがいくつもついた大きなトラックに積まれていたのは、載せてきた動物の檻だと思っていたものが、実は解体して組み立てると乗り物の鉄骨になったり、トラックの荷台のカバーがそのままテントになったり、うまく作られていた。トラックは何台も行列を作って広場にやってきて、それから一晩のうちに、広場には布製の宮殿が建って、広場を囲むようにして敷かれた線路にミニチュアの汽車が走った。観覧車もあったけど、それは小さくて、鉄骨の中心で人がハムスターみたいにして歩いて回す、人力で動くものだった。空気を詰めた柔らかい素材でできた入口ゲートをくぐると、電気で光る飾りをおでこや首に飾りつけられたロバが、ピラミッドやエッフェル塔の背景が描かれた板の前にいて子どもが乗るのを待っていた。

「ピラミッドはともかく、パリでロバに乗っているのはいったいどんな民族だろうな」

白塗りのピエロは、良く見ると派手な飾り襟の下に胸があって、女の人だった。彼女はパントマイムで風船を膨らました。ほんとうにはないはずの風船は大きく膨らんで、ピエロの体を少しずつ持ち上げる。宙に浮いて滑るような爪先立ちで右に左に振り回されて、最後には巨大な風船が割れて尻餅をついた。尻をさすりながら立ち上がった女ピエロは、野球帽をかぶった父さんの目の前で声を立てずに笑って、尻にあてていた手にいつの間にか持っていた、細長い風船を曲げて輪にしてつなげたハートを手渡してくる。

移動遊園地は一週間だけそこにいて、来たときと同じように一晩で広場からきれいさっぱり姿を消した。連れて来るのにもお金がかかっただろうと想像がついたものの、そのときまではみんな、町内会や商店街の役員の誰かが呼んだんだろうと考えていた遊園地は、実際どういういきさつでやって来たのかわからないまま、いなくなってしまったらしい。

大人になってからも、あれはなんだったんだろう、ひょっとして現実じゃなかったんじゃないかみたいに考えて、たまに人にたずねてみるんだけど、父さんのほかの、同じ町に住み続ける数人の大人は、この移動遊園地のことを覚えていたけれど、ロバやピエロはたしか作り物のロボットだったとか、遊園地はぜんぶ映像の中でのことで、町に来たのは移動の映画館だった気がする、みたいな感じで、覚えていることのさかい目がぶれてあいまいにぼやけていっているみたいだった。

「父さんにももう、わかんないんだ」

そう言うと父さんはコンビニの袋に食べ終わったゴミをものすごく小さく圧縮してま

とめて縛った。

広場のカベにむかって立っている。空は雲が厚くてこれからすぐにでも雨がふりそうだったから、広場で遊んでいる人はいなかった。カズといっしょに見ているのは、カベ新聞だった。今までの新聞とくらべてあきらかにちがっているのは、タイトルと、最終回ということのほかは表面になにも文字が書かれていないこと。それと紙質だった。わら半紙みたいな粗い質感は遠くから見るといつもと同じものみたいに見えるけど、今回使われている紙はかなり厚みがあった。ふつうに見ているぶんにはあまり気づかないようなちがいだった。でも、ふだんから刷りだし用の紙を束で見ているから、すぐに気づいたし、自信があった。じいちゃんは上等な紙をこの日のためにとっておいていたんだろうか。新聞のすぐそばまで近づいて、指先を紙の上に置いて、ゆっくり左に、それから右になでた。指先になにかが引っ掛かる。紙の表面にあるでこぼこは、ただのざらつきとは少しちがった。鉛筆の軸より少し細いくらいの直径の、丸いへこみがついているせいで、薄い丸いもようが見えていたんだということに気がついた。

なんなんだろうな、カベ新聞て、とカズが言った。お知らせのポスターでもない、ポストに入ったチラシでもない、カベに貼られた新聞て、いったいなにを伝えるためのものなんだろう。逃げた生きものを探したいわけでも、犯人を捕まえたいわけでもなく、新しくお店が開くのでも、下にれんらく先が書かれた、ちぎれる紙がぶら下がってるわけでもない。

知らせたいことを、隣どうしにいる人と同じように読むことができる？　同じものを読んでいることがわかるのが安心？　隠さない？　どれもなんか、ちょっとちがうんじゃないかって思う。

気配がして振りむくと、白髪が混じった頭の、ニコニコ顔の男の人がいた。

「渋柿」

「なに？」

カズが聞き返してきたけれども説明するのが面倒くさくて黙っていた。公民館で俳句の先生をしていた、あのとき神社の荒れた境内で手品を見せてくれた人にまちがいなかった。

「最終回なんですね」

渋柿はメガネをおでこのあたりまで持ち上げて、紙の表面に顔を近づけた。紙の端から端まで鼻先を滑らせて、太い人差し指を紙の上をなぞって動かす。そうしながらもごもごと声に出さずになにか唱えている。しばらく見ているうちにそれが、紙にあるでこぼこの数を数えているんだと気がついた。

「タテが十二と、八十、八十マス」

渋柿は笑顔のままで、カベ新聞の正面から顔を離して、額に上げていたメガネをもういちど引き下げて言った。

「ホレリスコード」

続けて言う。

「昔はデータを記録して、保存するために穴の開いた紙を使っていたんです。このカベ新聞の紙には、そのときに使っていた紙が漉きこんである。ずいぶん手間のかかることをしています」

渋柿は広場からでて、カズといっしょについてくるようにと言った。

「うちの倉庫にまだカードを使ってデータを読むマシンがあったと思います」


その家は、渋柿のゆっくり歩きでも五分ちょっとしかかからないくらいの場所にあって、町の中でもかなり大きくて目だつ鉄筋の建物だった。家という言葉で想像していたのとずいぶんちがって、大きいんだけどあんまり人が住むために作られているふうには見えなかった。ここは昔、印刷工場だったけども、今は三階に住んでいてそこしか使っていないらしい。

一階は倉庫みたいになっていてカギもかかっていなかった。というよりもドア自体がなくてぽかんと入口が開いていた。渋柿は入ってすぐのカベを手で探った。スイッチらしきものをいくつか弾く音がして、それから少し遅れて少しのあいだチカチカしてから倉庫の中が明るくなった。すぐに横でカズがすげえ、と言った。

倉庫の内がわのカベのうちの一面が、モニター画面でいっぱいになっていて、それぞれの隙間はいろんな色のコードでつながれている。画面は、テレビにしては四角い箱みたいで、映る面が平らじゃなくて少しだけ丸く出っぱっている。ホコリっぽいけれども、ときどきは手入れされているみたいにも見えた。家や学校で見るものと似ていて、でもいまひとつなにに使うのかわからないような機械がぎっしり、はまっているみたいにして置いてあった。今までどこでも見たことがないほどひとつひとつ大きなボタンが並んでいるキーボードとか、薄い茶色に色づけされた透明プラスチックカバーのついた横長の機械、なにかのプレーヤーか、プリンターかもしれないもの。積みあげて置かれたたくさんのプラスチックでできた薄い箱が、カセットテープというものだということは知っているけれど、家にはなく、学校で見せてもらったことがあるだけだった。

渋柿が、機械のいろんな所から突きでた、いくつかの斜めに出っぱった棒みたいなスイッチを、パチンパチンと反対がわに動かすみたいにして入れた。カベが響いて震えるくらいの低い音がして、いくつかの機械の電源ランプがついた。赤くない、オレンジっぽい色の電源ランプだった。

渋柿はそのうちひとつの前に腰をかけると、まわりを少しゴソゴソやって、ホコリの積もった紙製の箱を取りだした。フタを開けて、ホコリに何回かむせてから厚紙の束をつかみあげる。ここにある機械でカードに穴を打ちこんで、そのカードに情報を記録していたらしい。渋柿はいくつかの機械を確認してああ、やっぱりもう壊れているかもしれませんね、と言った。今はもう読み込む機械が動かずうまく使えないらしい。少なくとも町の中には、この機械は残っていないだろう、そもそも今の時代にはこの機械はほとんどの場所で使われていないらしい。読み取ってもらいたくても、それができなかった。

「この場所は、印刷所をやめてからもずっとカギを閉めることなく、友だちやそのまた仲間とも、いろんなことに使っていましたから。あの新聞を作っていた人もかつて、この機械を利用したことがあるのかもしれません」

「いつか、こうやってなにかを隠しておくためにですか」

カズが言ったことに、渋柿はちょっと考えて答えた。

「どっちも考えられます。壊れているのをわかった上で、読むことができないものを作ったのかも」

この機械さえ使えたら、あのデータが読めるかもしれないのに。渋柿はなんども電源を入れたり、つながったコードを差し替えたりしたけれども無理だったみたいで、残念だとくり返して、ほんとうに悔しがっていた。

「君は、中野さんのところの子でしたでしょうか」

と渋柿が言ったから、すごく驚いてうなずいた。

「静吉さんとはこの町で出会ったんです」

渋柿はじいちゃんと友だちみたいだった。

「同じくらいの時期に、地方から仕事に出てきていたのを知りました。あの当時、町はそんな若者がたくさんいました。最初は彼が私の働く印刷所に機械の部品を納めに来たんです。友人、と言ってもほとんど休みなく働いていましたし、今みたいに携帯もパソコンもなかったので、たまに会って話すくらいでしたが。無理をされる方ですからくれぐれもご自愛を、とお伝えくださいね」

渋柿の持っているこの機械でなにかの秘密を知ることができるようなしかけのために、じいちゃんはこの紙を使ったのかもしれなかった。ひょっとしたら、渋柿もそのことをわかっていたんじゃないだろうか。だから、こんなに残念がっているのかもしれないとも思った。

「きいてもいいですか」

帰るとき、最後にどうしてもたずねたいことがいくつかあって、そのうちのひとつだけ、これなら怒られたり、いやな気持ちになられたりすることはないはずだと考えて、きいた。

「この町にむかしきた遊園地には、行きましたか？」

渋柿は、びっくりしたのと嬉しいというのの混じった、すごく変な表情をして、またすぐに元の笑った顔に戻ると、

「夢のようでしたよ」

と答えてくれた。

渋柿にむかってとてもていねいなやりかたで頭を下げると、渋柿も、たくさんの機械のまえで、きちんとしたおじぎをしてくれた。

なにも書かれていない新聞のうわさは、次の日には学校内に、それから数日のうちには町中に広がった。でも情報が隠されている可能性の高い、穴の開いた紙のことに気がついている人はいないようだった。

カズはそのことを得意げに思っているみたいだったけど、知っていたところで情報を読む機械がないし、それなら知らないってのと同じだと思った。

*

図書館にはわりと広い駐車場があって、慣れない駐車に苦労することはなかった。そのうえ入るのには、身分証明書はもちろん利用者カードも必要なかった。それどころかこの町の住人である必要さえない。意外だった。図書館というのは、もうちょっと重要な、なんというか、えらそうな施設なのだとばかり思っていた。この図書館は子どものころに使ったきりだったし、今、自分が住んでいる町では、図書館なんてどこにあるかすら把握していなかった。自分が勝手にハードルを上げていたんだ。うんと開かれた、面倒のない場所だったんだと思い知ったことと同時に、図書館に入るにしては自分の手があまりにも汚れていたので、恥ずかしい気持ちになった。

まず、トイレを探して念入りに手を洗った。椅子に座って、シャツのポケットからさっき缶の中から持ちだした折鶴を引き出して、テーブルの上に置いた。指先で鶴のくちばしとしっぽをつまんでひっぱり、お腹の部分に爪を入れてひらくようにすると、鶴は四角い紙と、それより一回り小さい紙になった。二枚の紙をかさねて折鶴に折りこんであったらしい。中に入っていた紙は、古い新聞の記事の切り抜きだった。テーブルの上に広げて折り跡を破らないように気をつけて手のひらでのばす。古くなった薄い紙は、折り目のところからすぐに破れてしまいそうだったし、細かい文字は折れたところでインクがすれて薄くなり、読みにくくなっていた。記事の内容を確認する。写真もなく、タイトルもとても小さく、文章はあっさりとした短いものだったので、すぐに読み終わった。立ち上がって、資料室に入る。一部の場所を除いては、たいていの場所に入ることができた。そこで縮刷版の新聞と、いくつかの本を探しだしてきて、席に戻るとテーブルの上に本を並べて開く。最後にスマホを置いた。バッテリーの残量はとても少なく、自動の省エネモードに切り替わった画面のバックライトは暗かった。

家族もいない家からほとんど出ることなく、検索で得られる情報じゃ足りないと思い知った自分みたいな人間ができる旅なんてまったく限られていて、この場所にきて自分ひとりの力で探したところで、知りたいことが手に入るのか不安だった。しかも、拍子抜けするくらいに開かれている情報や記憶は、開かれているからこそぼんやりとして、なにが本当に自分が知りたかったことなのかわからなかった。

ゲームみたいに、拾い上げてほしい大事な手がかりは、少し光ったりなんてしてくれていなかった。

＊

「すごいところに連れてってあげる」

　ハナがきっぱりと言った。

　授業が終わってカズと広場に行ったときに、先に広場にいたのはハナとユメだった。カズは横でなにがなんだかわからないといった風に口を開けて、誰かに殴られた後みたいな顔をしている。無理もなかった。ハナと、横には見たこともない女ピエロみたいな中学生がいて、突然どこか、すごいところに連れてかれるのだ。

　タクヤに車を出してもらうから、と言ってユメがワンピースのポケットから妙な千社札のたくさんぶら下がった携帯電話をひっぱりだして、電話をかけはじめた。

「タクヤって彼氏？」

　聞くと、ハナは自分のことみたいに自慢げにうなずいて、ケータイも彼氏に持たされているのだと言った。中学生のくせに、車持ちの彼氏かよ、とカズは言う。電話がつながると、ユメは公園で会ったときとはぜんぜんちがう、甘えたような言葉で話しはじめた。

「タッくん、最近会えなくて寂しい。うん、最近は平気。でね、今から車出して。小学校の近く、新聞のトコ。そう。……五分以内！　そう大至急。こっち結構メンツいるから、大きいほうので。そう。あのピンクのゴージャスなやつ」

ユメはほとんど自分からばっかり話して相手の状況を聞くこともなく電話を切った。どんな近くに住んでいるのか、仕事があるのかないのかもわからないけれど、こんな急な言いつけにやってくる恋人がいるのか、この、ピエロみたいな女子中学生に、と考えながらハナとユメを順番に見た。

「今日見つけたんだ。すごいところ。この町であんなところがあるって、知らなかった」

ハナは今日、学校には行っていなかったのかもしれない。服装はこの間見たのと同じ、パジャマみたいなジャージの上下だった。二分もかからずに、広場の前の道にマイクロバスが大きいブレーキ音を出して後輪をすべらせながら、斜め回転するみたいになってとまった。ピンク色の車体には横に大きく文字が入っている。カズは色とりどりの丸っこいひらがなを、ゆっくり声に出して読んだ。りゅうおんじ……ようちえん。

勢いよくドアが開いて降りてきたのは、公民館でじいちゃんの後ろをつけていたときに会った、ツルツル頭の大きい男だった。この前と同じ、黒い着物をばさばさとさせながら大股に急いで広場に入ってくる。その後ろから、これもあのときとたぶん同じ、十人ぐらいの幼稚園児がでてきた。大男はその見た目からは思いもつかないほど甘えたような声をあげながら近づいてきた。

「ユメちゃん、ごめんね、待った」

「タッくん遅い」

「園児送るところだったから」

「公園」

「鬼ごっこ？」

「あのひと鬼？」

「わたし知ってる、あれ鬼じゃなくてピエロっていうの」

園児がみんな、ばらばらに話す。

「タッくん、この地図の、この場所に行って。あと五分で」

ユメは、急いでいるときに五分という言いかたをするのがクセなのかもしれない。具体的な長さを言っているというよりは、たぶん適当なんだと思う。

「すごいものができてるんだ、石でできたカタマリがいっぱいあって、城みたいになっている」

ハナは冷静に説明しているけれど、離れた目の光っている感じを見たら、興奮していることがわかった。

「あの川に石をいっぱい集めてたじいさんいたじゃん。あいつが作ったんじゃないかって思ったから、教えないとと思って」

ハナはじいちゃんのことを知っていたのかと思って驚いたけど、そうじゃなかった。川にいたとき、ふたりでその姿を見ていたからみたいだった。

ハナが見つけたすごい場所というのが、じいちゃんと関係のあるものなのか、今はまだはっきりとわからない。ひょっとしたら、行ったとしてもわからないかもしれない。じいちゃんが新聞にかくした秘密は、機械がこわれていたからけっきょく知ることができなかった。

急に、町にあるものをたくさん見て、調べていると思いこんでいた自分が恥ずかしくなった。ただ、ハナだって全部知っているわけじゃない。そう考えたら、なんか安心できた。

「あのお社の裏か。君らも乗んなさい」

「遠足だ」

「遠足」

「うみ？」

「ゆうえんちでしょ」

園児たちを再び乗せたバスにカズと乗りこんだその後からハナが飛びこんできて、ユメが押し入ってくる。身動きができないくらい人間が詰まったマイクロバスのドアが閉まると同時にギュルルルル、と音がした。直後に、かわいらしいピンク色の車は一気にスピードをあげた。段差を跳ねて、そのまま坂道に突っこんで、車の下の部分を縁石にこすりながら直角に車のお尻を振って曲がる。一番前の補助席に座っていたら、お尻が数センチ浮いてそのまま左に、それから右にすべって、隣の席の背もたれにつよく頭をうった。補助席はうまく固定されていないようで、すがりついていても体が不安定であばれてしまう。

「すごくいたい」

見たら、ひとつ後ろの補助席に座っていたカズが、席の背もたれを抱えこみながら同じおでこの横のあたりをさすっていた。その後ろにいるのは小さい子たちで、このひどい揺れの中でまったく動じないで、手遊びやじゃんけんをしながら笑っている。自分の隣を見ると、右ではハナがユメと一緒に、運転するタクヤにむかって行け、とべ、急げとあおっていた。

おまえらよく平気でいられるな、とカズがぎゅうぎゅうに詰まった子どもやハナやタ

クヤに声をかけると、園児はみんな、

「せんせいの運転慣れてる」

「大丈夫だよ」

「コースターみたいで、おもしろいよ」

「ゆうえんち」

と言い、ユメが、

「お坊さんが乗ってんだから、こんな安心な乗り物はないじゃん」

と言う。カズが小さい声で極楽に一直線かもしんないじゃん、と返した。

「急いでいるところ、申し訳ないんですけど」

と声を上げると、タクヤとハナ、ユメがこっちを見た。運転手が振りむくというのがこわかったので、前をむいてもらってから、

「いっしょに連れて行ってほしい人がいます。もし、いたらでいいんですけど、その人のおうちに行ってもらっていいですか、近いんで」

とたずねると、ハナもユメも、あれほど急いでと言っていたのに、おもしろそうだとわかってくれた。でもひょっとしたら、急ぐというのも別になにか大切な意味があったわけじゃあなかったのかもしれない。ただ、早く見たいとかそういうくらいの。

渋柿は家にいた。たいしたわけを話すこともできなかったのに、というかむしろたいしたわけなんかなかったのに、ただなんとなくいっしょに来てほしいなんて言ったのに、渋柿はとても嬉しそうに、せまっ苦しいバスに乗りこんでくれた。人はほとんど水ででさているると聞いたことがあったけれど、こんなせまい所にぎゅうぎゅうとやわらかくおさまったことにびっくりした。

「ああ、手品のじいさん」

「ハナちゃん」

渋柿はハナのことを知っていた。

ふだんハナがうろついている場所は、町の中のかなり広い範囲なのかもしれない。ひょっとしたらテントの近くに行ったことも、あの銭湯に入ったことも、渋柿のあの、機械だらけのつぶれた印刷工場を見たこともあるんじゃないかと思った。

渋柿の背中に押しつぶされながらハナの足元を見る。ハナのはいているのは、子ども用のものじゃない、茶色い、ビニールみたいな素材でできたサンダルだった。

引き裂くみたいな音をたてて、砂利の上にバスがとまった。砂けむりが舞い上がっていたので、バスの中からは外がよく見えなかった。

補助席をたたんで立ちあがって、ドアを引いた。駐車場はあまり手入れが行き届いていないみたいで、砂利と土が半分ずつ混じった地面に、急ブレーキでカーブしながらとまったバスのタイヤのあとがくっきりついている。駐車場は少し高くなっている丘の下にあって、駐車場のすみには、とても急な切り立った断面を背にして小さな鳥居があった。鳥居と断面の間には池があって、それは断面の、段差の上から湧き水が細い滝みたいにして落ちて溜まってできているものだった。中には小さな鯉が何匹かいた。横には、地面を掘り出したところに細い丸太を組んで登りやすくした階段が、丘の上のほうまで伸びている。

「あの丘の裏あたり」

ハナが指さした地点は、まちがいなく渋柿に手品を見せてもらったところだった。

「最近は、手品の練習もできていなかったので、ここには来れていませんでした」

「町で一番おおきい広場なんだよね」

「よく知っていますね」

「お母さん言ってた」

「集会でも祭りでも」

「どんなことでも昔はここで」

「ゆうえんち？」

まずハナが、そしてカズも階段を駆けて上がった。後のほうから、まごまごして園児たちがタクヤとユメに手伝われながら続いてのぼっていく。階段は植えこみの隙間をぬって、滝の流れるむこう側に吸いこまれていた。ひょいひょい先に上がったハナが、てっぺんまでのぼって、

「ほら」

と声をあげた。肩越しに見ると、そこは広くて平らな丘みたいになっていた。

開けた場所だったから、とても遠くまで町が見渡せた。湧いた水が細い川になって、くねってなだらかなところを回り込むように通りながら、さっき見た駐車場の下のほうにある小さな鳥居のある池にむかって細く流れ込んでいる。まず、いちばんはじめに目に入ってきたのは、広場全体にいくつも立っている、石を積み上げた塚みたいなものだった。どれも、大きさがばらばらの石を積みあげて作られているみたいに見えた。高いものはたぶん大人の身長よりもずっと大きくて、低いものも一メートル弱はあるみたいに見えた。まっすぐ上をむいたものだけじゃなくて、そり返ったり曲がったり、真ん中あたりから二股にわかれたものもあった。

町中ぜんぶのものが集まったんじゃないかと思うくらいの、ものすごい数の石が使われていて、ところどころ練った土で固められたりしてある。地面には雑草が生い茂って、

たまに土が剝きだしになった地面が見えている。空のペットボトルが刺さっていて、洞窟に生えている水晶みたいにキラキラしていた。

川の中にも小さな石塚が作られていた。塚が川の中で水の流れを割って、流れを変えたり水を上に持ち上げたりしている。塚の間にはヒモがわたされていて、缶だったり、ペットボトルだったり、ちょっと見たらガラクタにしか思えないようなものがいっぱい並んでぶら下がっていた。ペットボトルには透きとおった色つきのビー玉やネジみたいなものが入っていて、いくつかの空き缶は、ところどころ穴を開けて切り広げられてある。風を受けてくるくる回っていて、見渡すと地面にむかって光がばらばらの色でちらばっていた。

水の流れを受けて回りながらいろんな色に見えるように切ったセロファンをはりつけられたペットボトルが、川をさえぎるように一列に並んで、水の中で水のつぶを作っている。この広場にある風景を作っている一個ずつのものは、ほかにネジやクギ、おかしの袋とか石、土、水や木の実みたいな、ふだん町の中のどこにもあって見なれていた、でもあんまり大事じゃないものだった。なのにたくさん集まっていることで、今まで見たことがない景色になっている。ぼんやりと立っていると、後ろから渋柿やみんなの騒ぐ声がしてはっとなった。

「外国の古代遺跡みたいだな」

「まじないとか、祈りとか」

「誰がこんないたずら」

「なんかの目印？　暗号みたいな」

「ゆうえんち？」

「ゆうえんち！」

みんなが後ろにつかえていたので、石が積みあげられていくつも立っている中のほうにむかって歩いた。石塚に触ると、日が当たっているところはあたたかかった。石と土の手ざわりを確認しながら歩いた。日かげになったところは暗くて、逆に日が当たる場所に出たときの光の反射は、目が痛くなるぐらいまぶしかった。上からの日差しと、水のいろんなところからの反射もあちこちから見えた。どこに立ってみても景色がちがって見えた。塚の隙間をすりぬけながら、よくわからない大きな生きものの脚の間を歩く小さい動物になったみたいな気分だった。

せーので合わせたみたいにほとんど同時に、

「あ」「あー」「わあ」

という、何人かの声がした。聞こえたほうを見ると、いちばん高台になっているところにいたハナやそのほかの子たちが、みんなこっちのほうを見ておどろいていた。

「すごい」「すごい」「ここ」「おいでよ」

　みんながいる高台の上にかけのぼって、自分が来た方向、みんなが目を離さないでいるところを振りかえって見渡すと、塚やペットボトルのプロペラのせいで水の流れがさえぎられてしぶきを作って、そういう小さな滝とか噴水みたいな水のうごきが缶とかガラスの光の角度によって、太いもの、細いもの、何本かの光の線が浮かび上がっていた。

「にじだ」

　発した言葉はものすごくふつうで、言ったすぐあとにとても恥ずかしくなった。ただまわりを見ても、誰かの言った言葉を聞いている人なんていなかった。そこにいたみんなが、一度にこんなにたくさんの虹を見たことなんてなかったかもしれない。ハナは平らな顔のまんなかにある口をおおきく開けている。虹は塚と塚の隙間を縫うようにして出ていたり、またいくつかの塚どうしをつないでいたりして、差し込む日光をはじく水のつぶといっしょに川の中に混ざっていってるみたいだった。

「ぞうさん」

　小さい子どものうちのひとりが指さしたところ、神社とは反対がわの緩やかな丘の斜面になっている地面を見た。塚の影が、曲がったものや真っ直ぐなもの、すべての影が同じ方向で重なってちょうど巨大な象の形を作っている。象は鼻を曲げながら上のほうに伸ばして、牙をむきだしているような姿だった。大きな影は、みんなの足もとから伸びている、それぞれの小さなヒト形の影にむかってなにか話しかけているみたいだった。ただ、象はなにも言わない。今、このあんまり大きくない町には象がいて、このしばらくのあいだいる象は影なんだけど、ウソではなくて町にあるものだ。

この丘は町のはずれにあるし、ほかに高い建物もない。池のある下の社のあたりも、迷い込んだときに手品の練習をしていた渋柿以外に、人と会ったためしはなかった。この場所で作業を続けていても、見つかる可能性はほとんどなかったんだろう。それにしてもきっと、ものすごい時間がかかったんだろうと思う。大きい石は一抱えもあるものだってあった。

「影がうまく重なる時間」

「虹の」

「見えるしかけはわかったけど」

「なんでこの時間なんだろ」

カズがつぶやいたり、ハナが考えこんだりしているのを聞いていた。

学校が終わってじいちゃんにたのまれていた取材をすませる。役に立つことが嬉しくてたくさんの取材をしてからテントにつく。たぶんじいちゃんは午前中からテントに入って、作業をしていたんだと思う。テントにたどり着くのはたいてい、午後三時半をすぎたあたり。邪魔にならないように端に座った。言葉で言われることはなかったけど、その時間をじいちゃんも同じくらい楽しみに待っていて、足音に耳を澄ましていたとしたら。

まだ目のさめないじいちゃんに、今日、この一日で起こったいろんなできごとをどうしたら伝えることができるだろうと考える。

眺めているうちに象の影は崩れて、溶けるみたいにしてばらばらに伸びていった。石の積み上げられた塊、実体のあるものはそのままで、光と影だけ変わっていった。象の形になっていた影もいくつも見えていた虹も消えてしまって、まわりには塚が、まるでみんなといっしょに、斜面の上から町を見渡しているみたいにして立っていた。

丘にはまだ何人もの人が残っていた。小さい子どもたちはバスに乗せられて帰ったけど、そのあとすぐ、その子どもたちから話を聞いた家族が車で見に来たり、ユメの携帯電話で呼び集められた人たち、それと俳句教室の生徒やその家族で、あっという間に丘が人でいっぱいになった。見にきた人を送り迎えするためにタクヤはまた丘の下にマイクロバスでやってきて、写真を撮ったり友だちにメールする人が場所をゆずりあったりして、ちょっとした観光地みたいになっていた。階段をおりてバスの横に立っているタクヤの近くに行って声をかける。

「歩いて帰ろうと思います。そんなに家から遠くもないので」

「気ぃつけて」

「あの、タクヤさんは、ユメさんの恋人ですか」

質問の途中でもう後悔をした。くるりと丸められたタクヤの頭の前、おでこから眉毛の間のあたりにきゅっとしわが寄った。しばらくして、ああ、と声をあげたタクヤは、頭のしわを目の周りに移動させるようにしてわはは、と笑った。

「きみ、ユメちゃんのこと好きなんか」

頭をこれでもかというぐらい横に振ると、タクヤはさらに笑顔でたずねる。

「じゃあ、ハナちゃんのカレシとか」

「ちがいます、ただ、少し大変な姉妹だから」

笑っていることにかわりはなかったけど、タクヤの笑顔がおだやかなものにかわった。

「寺は園児だけじゃなくて、町の中の、いろんな問題をかかえてる子どもの駆け込み寺にもなってんだ。今もふたりから連絡があればなるべく急いで行くようにしてるけど、もし君のほうでも、彼女らの様子がおかしいと思ったら知らせてくれないか」

タクヤに頭を下げてから駐車場の出口にむかって歩いた。通りのほうからはまた何人か、期待をするみたいに人の集まる先を指さしながら歩いてきた。

翌日の学校は、例の丘にいくつも現れた大きな物体のことでもちきりだった。誰かのイタズラだ、あやしい男が石を運んでるのを見た、それは変身した宇宙人で、宇宙規模のテロだ、いや新しい現代アートってママが言ってた、みたいにそれぞれ好き勝手な意見を述べていた。

カズは、教室に入ってくるとすぐに声をかけてきた。今日みんなで例の場所に待ちあわせて行こうという提案だった。

じいちゃんのお見舞いがあるから、と断ったら、カズはがっかりしながらも了解した。カズが自分の席に戻っていったあと、すぐにチャイムが鳴った。

学校が終わって病院へ行くと、見なれた庭の花が面会の窓口に飾ってあった。午前中に母さんが来ていたんだろうと思いながらノートに名前を書いた。

じいちゃんがいるのは廊下を進んだ右奥の個室で、落ち着いたらようすを見て共同の大きい部屋に移れるらしいから、と母さんは言っていたけれど、どう考えても、じいちゃんが今の状態から元にもどるとは思えなかった。ドアの横でボトルに入った消毒液を両手に吹きつけてゆっくりすりこんでから、重いドアをスライドして開けた。日が少しだけ落ちて薄暗くなった病室には、じいちゃんの横たわったベッドのまわりを取り囲んだたくさんの機械だけが見えて、入口のドアのところに立っていると、じいちゃんの体は目に入ってこなかった。長く伸びた透きとおったチューブは、高くぶら下げられているビニール袋の中の液体を、カプセルのような形をした筒を通して少しずつじいちゃんの体に流しこんでいる。

袋にはたくさんの記号と番号と、中野静吉さまと印刷したシールが貼ってある。黒い画面に表示されている緑の記号や数字は、いろいろに変わって、じいちゃんは生きているから安心してくださいとでも言っているみたいにして見せつけていた。部屋の中にある文字は、じいちゃんの名前以外まったく意味がわからないものだけだった。ベッドの足元のほうにぶら下がっているのは恐らくおしっこを取るための管と溜めておくバッグだった。ベッドの上あたりでは、なにに使うのかはわからない液体の入った透明な筒型の容器に、気泡がずっとぽこぽこ動いていた。二本あった。

ベッドのまわり、部屋の中のものぜんぶがじいちゃんだった。人間の中身の役割をするものがみんな裏っかえしになって、外側に出てしまっているみたいな。それが見えているのだから、本体が見えていなくてもとくに問題ないような気がして、ベッドの横にあるやつではなくて、病室の入口のほうに置かれたパイプ椅子に座った。リハビリルームの方向から、タンバリンやオルガンの伴奏で音程もリズムもばらばらな合唱が聞こえてきた。あんまりにもばらばらだったから気がつくのに少し時間がかかったけど、その曲は『さくらさくら』だった。

「昨日、あの場所に行ったよ」

初め、ゆっくり話しはじめた。

手が汗でびっしょりだった。

あれ、じいちゃんが作ったんでしょう。ひとりで。あんな、石とか運んで、上に積んで。言ってくれれば手伝ったのに。

『やよいのそらは』

しかも影とか虹とか、太陽の角度を考えないと作れないし、あの場所、実は前に迷って行っちゃったことがあって。お祭りみたいなかっこうした手品師。

『みわたすかぎり』

町があんなによく見える場所があったなんて知らなかった。穴の開いた紙。古い機械をいっぱい持ってる渋柿……俳句の先生が、手品師で、じいちゃんのことを知ってた。じいちゃんと似ているところもあって、若いころからずっと仲よかったって。だから、あの紙はひょっとしたら、あの先生の機械で読むように、じいちゃんはしかけを作ってたんじゃないかと思って。でも、機械は壊れてたんだよ。

『かすみかくもか』

勢いよく立ちあがった。勢いがよすぎて、椅子が後ろに音をたてて転がった。そのまじいちゃんのほうへむかって、

「じいちゃんはぼくにも遊園地を見せたかったんじゃないかって思ったんだ。あと」

一息に言って声がかすれた。息継ぎを忘れていたことに気づいて、大きく息をついて続ける。

「あそこで見つけた古いお金、ちょっと貸してほしくて」

言い逃げするようにして後ろをむいてドアを開けると、走って病院を出た。途中廊下で、

「走ると危ない」

と子どもの声がした。振りむかなかった。病院の自動ドアを出て坂道を下りきり、駅の少し前のT字路を曲がり歩道橋をのぼって降りて、真っ直ぐ家に走った。

勢いにまかせてききたかったことがまだいくつかあったけれども、どうせ答えてくれないんだとわかっていた。ていうか、どっちにしろきけなかった。

家に帰ると母さんがテレビの前に座っている。興奮していた。テレビ画面に映っていたのは、あの丘だった。ニュースバラエティで、町に起こった不思議なできごととしてあの石塚が紹介されている。冴えない柄のシャツを着たリポーターが、ふだん神社にいるのを見たこともない管理人とかいう人と、見にきた家族づれに話を聞いている。場所が場所だけに、なにか祈りの意味をこめて作られたのでは、パワースポットとして願掛けをするために人が訪れるようになるのではないでしょうか、町の名所にして保存しようという動きも出ていますなんて適当に締めくくってスタジオに画面が戻ると、リポーターよりさらにやぼったい見た目をしたアナウンサーが、

「やあ、心あたたまる話ですね」

と、ものすごくトンチンカンなコメントをしてから次のニュースの紹介をはじめた。

＊

図書館の窓際に座っているときに、また天気がくずれてきたのに気づいた。日が落ちてから雨の高速道路を運転しなければいけないことを考えて、また少し暗い気分になってしまった。

その事件の名前についている『チ』というのは、千円札の千をもじった隠語というか、警察内での通称のようなものだったらしい。

今のようにあらゆるお金のやりとりをデータの上で済ませることがむずかしかった時代、それでいて物々交換のような文化はとっくに社会的には絶滅していて、ようするにお札やコインが今よりもずっと価値のあるものだったのは、長い人間の文化的生活の歴史の中で、ほんの少し前までのことだった。そのころ給料袋には紙幣が何十枚も直接入っていて、公衆電話の上に硬貨を積みあげて電話をかけていたらしい。きれいな絵のついた紙切れと金属片を、ひとまずは大切なものとしましょうとみんなで決めて、小学生から大悪人までそれを律儀に守るような、少しバカバカしく思えるような時代はそれなりに長く続いていたみたいだった。

同時に、そのくらいの少し昔というのは複雑な印刷技術がめずらしいもので、誰もが簡単に何かをスキャンして、似たようなものをコピーできなかった時代でもあった。紙幣の複製は、印刷というよりも美術品の贋作制作に近かったので、作るまでにお金も時間もかかった。特に当時の日本の印刷技術はとても高くて、紙幣には複雑なしかけがたくさんされていたらしい。隠された文字とか絵がいっぱいあって、たくさんの人がそれに気づかないまま、お金は使われていた。元手を回収することなんてよっぽど規模が大きくないとできないから、実際のところ偽札の犯罪は、たいていが大きな暴力団がらみか、外国の組織的な犯罪だと言われていた。

そうして高度な技術が必要な偽札づくりは、儲けがどうこうというよりも国の経済に対するテロ行為という意味が大きかったから、被害額にかかわらず重い罪とされていたようだった。戦争でも相手の国の偽札を作ってばらまくというのはわりとよくある作戦のひとつらしい。

ただ、日本にいくつかあった『チ〇〇号』というコードで呼ばれる千円札の偽札事件のうち、いちばん有名とされている事件は、発行の枚数にしても被害をうけた金額にしても異例なほど規模が小さなものだった。にもかかわらず、紙幣の仕上がりがあまりに精巧だったのと、注意を呼びかけて告知したほんのわずかなちがいもすぐに修正されたものが出回るといったことが続いたために、日本政府は当時しかたなく新しいデザインの千円札を発行することを決めたほどだったという。

目の前にひろげられた折り目だらけの新聞記事だとか、今はもう馴染みのないデザインの、いろんな文字や絵が隠された千円札、善人とか悪人とか関係なく誰にでも開かれた図書館の資料。それらのものと、オンラインで流れていっては、消えずにどこかでひっそりたまっていくうわさ話、それらを時系列にまとめたもの。無料で、誰かの善意や、あるいは義憤みたいなものを使ってつみあがっているアーカイブ。それから、自分や家族、町に住む人たちの記憶。

それらはどれも同じように断片でしかなくて、けっきょく信憑性だとか正確さみたいなものは、どれもたいして変わらないんじゃないかと思えた。

どんなに引用元が明確に示されていても、誰の裏づけも取れないほどの曖昧で揺らいだ思い出であっても、ちょっとした解像度のちがいくらいでしかなかった。検索をかけて一番上に表示されるような記事に書きこまれた無記名の情報が、まるっきり善意に由来するものの蓄積だったとして、ここで誰かが真実を言ったかあるいはウソをついたかどちらかの証拠だとか、事実であったことに結びつく補強材料になんかなりえない。

それと同じように、いまこの記事の断片をつなぐのは自分しかいない、と思い立ったのが、ほんとうにただのばかみたいな勘ちがいだったとしたら。

この事件の犯人は見つからないまま、ずっと前に時効を迎えている。だから、知ったところでただのどうということのないできごとだった。道に迷って偶然でくわす手品師や、町中に貼りだされる正体不明なカベ新聞、最近になってひんぱんにインターネット上で検証されている、今はもう時効になった偽札事件、どこから来たかわからない移動遊園地、あのときの魔法みたいな神社の裏のこと、それら全部がほんとうは町になかったとしても。

端末を手に取って、バッテリー残量を気にしながら急いで指を滑らせた。長い文章は無理だと思うと、余計に焦って誤変換をした。爪の中にほんの少しだけ残っていた泥がやたら気にかかった。

この際、箇条書きでも単語の羅列でもいいから憶測だという前置きをつけ加えて情報を書きこんで流してしまえば、名前の欄がたとえ空白であったとしてもそれはひとつの消えない情報になる。幸いなことに、自分の持っている断片の多くは、それぞれほかの場所で調べればむりやり信頼することはまったく不可能というわけじゃなかった。情報だけがあれば、あとはたくさんの人がそれがほんとうかウソか、いいことか悪いことか判断する。

調べたことだけじゃなく、感じたことだけでもない、子どものころ、曲がり角のむこうに消えていくほんのちょっとのしっぽの先、または茶色いサンダル。じいちゃんのそばにときどき立っているらしい女の子。

おそらくそれを見たのはぼくと、じいちゃんだけだった。その姿が不確実なものだったとしても、なるたけたくさんまわりにあるものを調べればその輪郭ぐらいは明らかにできるっていうことを、ぼくは静吉じいちゃんに教わったんだ。

たいして思い入れもない町の図書館で、ぼくのスマホの液晶が揺れつづけていた。

雨あがりの神社の駐車場は、手入れされていないぶん小石が多くて、とめるときに苦労した。階段も、枠の木が腐りかけて土もぬかるんでいて、注意しながら歩いたので時間がかかった。そのわりにはのぼったいちばん上には、たいした景色も広がっていなかった。

あんなにパワースポットにしようだとか、町の名物としてとか言っていたのに、あの石塚や水の流れはどこにも残っていなかった。

ひょっとしたら子どもがあそぶから危険だとか、誰がやったのかもわからないから気味が悪い、悪質なイタズラだったとしたらこわい、とかいう理由で壊されたのかもしれない。

丘の上から見下ろす町もあいかわらずしょぼくれていたし、雨はあがって日光が出ていたのに、虹が出るような気配なんかほんの少しもなかった。写真を撮る気も起きなかったし、そもそも端末はもうバッテリー切れだった。

太陽の側の島

チヅ殿

元気でやっていますか、陽太朗ともども変わりないですか。こちらはとても暖かです。暑いくらいの日が続いております。そのせいかすっかり体は日に焼けて、黒く逞しくなったと我ながら思います。若干痩せたのではないかと周りからは心配されているものの、実際量ってみると出征の際の測定よりも目方は格段に増えており、筋肉で締まったのだと自惚れながら思う次第です。なにぶん出征前は恐怖心に駆られ自ら掘った暗い壕の中で本ばかり読んでいた私ですから、お天道様の下、このぐらい働いていたほうが国のためだけでなく体のためにもうんと良いように感じております。

現在私はこの恵まれた気候の中、土地の開墾を主とした作業を任されております。現地の農夫は至って温和ではあるものの、いかにせん我が国の尺に当てはめると若干怠けすぎるところがあります。それでも作物が育つ気候の良さから今まで特段の問題はなかったのでしょう。我々はお国の負担のないよう自給できる分の食糧を得るため、そこかしこの荒れた土地を整えているのです。現地の農夫から食糧を略奪することは厳禁であるから一刻も早く作物を、と焦る我々の気持ちとは裏腹に太陽も人々もずいぶんのんびりしたものです。ただ流石(さすが)というべきか、奇妙なくらいによく降る天気雨により日に何本もの虹が見え、そうして耕したそばから、もう数日のうちに作物が芽吹いて元気に育つのを見ていると、こちらも鍬(くわ)を持つ手に自然と力が入ります。そんな我々を現地の農夫は最初馬鹿にした様子で見ておりましたが、次第に心配や感心の混ざった視線をおくってよこすようになってきました。彼らは敵ではありません。彼らは確かに勤労の意識が大変に薄く共に戦おうという気概を一切感じることができませんが、わが国領土の農夫として我々が粛々たる勤労態度で手本となるべく生活してゆけば、きっと彼らも素晴らしい臣民となってゆくでしょう。

とりとめなく書き連ねてしまいましたが、こちらはそんな具合で元気に頑張っております。そちらも暖かくなりつつある季節とはいえ朝晩はまだ冷えるでしょうから、風邪などひかぬよう気をつけてください。

真平

真平様

お変わりありませんか。お元気でしょうか。何かご不都合、ご不足などございませんか。

こちらは陽太朗ともども元気でおります。寒さも大分軽くなってまいりました。文面を拝見する限りお元気そうで何よりでございます。ただ、あの真平様の優しいお手で鍬を持ち炎天下で畑仕事をなされているのを思うと、胸が破れるように痛みます。

それでも戦争の始まりには毎日毎夜沈痛な表情で「死」という言葉を口にしない日などなかった真平様の手紙から、以前のような悲しみの色が薄くなっているのを感じる、それだけが唯一、今の私の希望です。戦地に行ってからのほうがずっと悲しみに近づきそうなのに皮肉なことではございますが。

こちらでは昨日、雲の厚い空から何枚もの刷り紙が降ってまいりました。雲のせいで飛行機がうっすらとしか見えない灰色の空から、ただ紙だけが降ってまいりますのは雲が千切れて落ちてくるような、とても不思議な気持ちがいたしました。刷り紙を拾い上げて見ると、幾つかの都市の名前と、そのうち数箇所に新型の爆弾を落とすので記載の都市からお逃げなさいというような文章が書いてございました。その中には、私どもの住むこの町の名もあったのでございます。私は恐ろしくなってすぐに紙を道へ打ち捨て家へ走り戻りました。

走る家路で私は、一刻も早くこの町から遠いどこかへ陽太朗を抱えて逃げたいという気持ちでおりました。本当に申し訳ないことに、本家のお父様、お母様、近所の方々やお国のことより、私と陽太朗の無事だけが心にあったのでございます。たとえ私たち二人だけが生き延びてもどうにもならないだろうなど、普通に考えれば想像に易(やす)いことなのに。

私は家に戻り居間で一人昼寝をしていた陽太朗をかき抱きました。あの子は寝ぼけていたのかもしれません。私の背中に手を回し、私があの子に赤ちゃんの時分からもうずっとしていたように、私の背中を掌(てのひら)でぽんぽんと二回たたいたのでございます。まるであやすように。そして、私はそれによって恐ろしいほどにすとんと落ち着いたのでございます。

刷り紙に都市の名前は十と少しあったので、確実に爆弾を落とされると決まったわけでもございませんが、もしこのように不安で一杯の状態で新型の爆弾が落ちたとしたら、私はこの家と陽太朗を守り通していけるのでございましょうか。

申し訳ありません。暑い南の島でお国のため粉骨砕身なされている真平様に弱音を漏らしてしまいましたこと、とても恥ずかしく思います。どうか真平様も何卒(なにとぞ)、お体にお気をつけになってくださいませ。

チヅ

チヅ殿

お元気ですか。そちらは変わりなくやっていますか。手紙を読み心配でいろいろ調べましたが官報などで見る限りまだそちらは無事のようですね。

こちらは拍子抜けするほど恙(つつが)無く順調です。無論、毎日の訓練と荒地の開墾に精を出してはおりますが、空からの攻撃や海上戦の気配はいまだない状態です。時に敵連合国軍のものらしき飛行機が畑を耕す我々の頭上遠くに飛ぶのが見え、すわ、と緊張が走るのですが何事もなかったように通り過ぎるきりです。気がついたのは、我が国と比べてここはずいぶんと雲が高い位置を流れているようだということです。見通しがよいはずであるのに敵機が我々を見つけることができないのが不思議ではありますが、綿シャツ一枚で鍬を振るう日に焼けた我々を現地の農夫と見間違えているのかもしれません。これも機とばかり我々は食糧の整備に精を出すのみであります。ただ不思議なことには遥(はる)か頭上を行く飛行機がいつもどういうわけか上下あべこべのように見え、敵国の戦闘機のつくりがそうであるのか、また我々の知らぬ方法でひっくり返って飛ぶ戦法があるのかはよくわかりません。

農作物は面白いように育ちます。硬く霜の降りる我が国の畑と比べると魔法のようです。戦争が終わった暁にはこの場所で家族で暮らすというのも悪くないという気さえしてまいります。

しかし島に入った日、それはもう酷い嵐でありました。我々の乗る食糧運搬船は酷く揺れ、甲板に出て作業にあたるものは広い板張りデッキの上をあちらこちらとまろびつつ波に洗われておりました。男の太股くらいある綱が簡単に千切れ、先が暴れ大蛇のごとく波と共にうねっていました。その様を見て私は大変恥ずかしいことに、気を失ってしまったのです。船内の医務所に寝かされていたため非常に不名誉な気持ちで目を覚ましましたが、軍医の仰るには気絶は気絶でも私は知らずの内に揺れに任せ頭を強か打っていたらしいのです。どちらにしても恥ずかしい限りではあるのですが、私は気絶の理由を聞き少し安心いたしました。と申しますのも、あの時私が感じたのは恐怖といった個人的な心持ちではなくこの世の中や大自然の驚異に対する生物的敗北であった、と頭の瘤が証明してくれているような気がしたのです。

着いた島に桟橋らしきものはなく、そのためかえって大きな艦は接岸しないほうが好都合であろうと判断がおりました。嵐の余韻によって霧が濃く、先にボート隊が浜に向かい暫くした後、靄の中を割って幾つかのカヌーが艦に向かってまいりました。先陣隊と共に現地の人間が我々や荷物を浜まで積んで運ぶ時の、白い靄の中進む様は大変幻想的で、私のまだチカチカと痛む脳には銀色の映画に写りました。じっとり暑いなか素朴ではありますが美しい味わいのある飾り彫りがされたカヌー、水面近くを泳ぐ原色の魚から、愈々我々は遠い南洋の地で決戦を迎えるのだという気持ちが知らずに沸き立ってまいります。家であれだけ怖がっていた自分が偽物で、今の自分こそが本物であるかのように思えました。
　長々書きましたが、こちらはこのような感じでおります。そちらもくれぐれも気をつけるよう。

真平

真平様
　そちらはずっとお暑うございましょう。
　結局を申せば、あの刷り紙が降った後もこの町に爆弾は落ちませんでした。候補に挙がっていた都市の幾つかに多少の空襲があったと聞いてはおりますが、それも新型の爆弾というわけではなさそうです。きちんと手に取って読んでいなかったことが悔やまれますが、空襲の期間に関する具体的な記載はなかったように記憶しておりますゆえ、今夜おこるか、明日には来るかと毎日生きた心地せず暮らしております。その間にも町の方々や、店員さんから人づてでさまざまなことを伺うにつけ、心の弱い私は一層恐怖が募ってしまうのです。一時は刷り紙とともに空から毒の霧を撒かれていただとか、時間が経つと溶けて消える特別な紙でできているだとか、刷り紙を拾って手にしたものは手から毒がしみて腐るだとかいう噂さえも流れていました。私はそれを聞いたときはもう怖くて、いつまでも手を桶の水につけて過ごしておりました。これほど恐怖に思うなら刷り紙など手に取らねば良かった、読まねば良かった、人づての噂など耳にせねば良かったなどと己の気持ちの弱さをひたすら悔いるのでございます。

　真平様のお手紙を呼んで聞かせて以来、陽太朗が虹を見たいと申すものですから先日は庭に出て角度を見ながら水を打ち、小さな虹をこさえてやると大喜びに喜んで、以来昼間の庭の水打ちを進んで行うようになりました。きっかけはどうあれあの小さかった陽太朗がお手伝いなどするようになったことに胸の熱くなる思いがいたします。戦争が終わりました暁には、ぜひ一緒に、南の島でも北の海でも、どこにだって参りましょう。沢山の虹を眺めましょう。陽太朗を飛行機やお船に乗せ、どこまでも敷かれた線路をすべるような機関車で、ずっと遠くの色んな場所を眺めに参りましょう。それまでどうか、どうかお元気で。

チヅ

チヅ殿

お久しぶりです。お変わりありませんか。戦局の長期化に向けて我々の隊も愈々本格的な準備をと、今までにも増した開墾整備を行っております。

このところ、島は昔より伝わる祭りの準備があり、普段は過ぎるほどのんびりとした島の人間もどこかそわそわと落ち着かない様子でおります。

今日は島の人間が祭りに使う「茶」の準備をしておりました。「茶」といっても我々の飲む茶とはまず原料から違うようです。漢方の煎じ薬、と言ったほうがわかりやすいでしょう。ただ飲むものではなく掛けるものなので、仏様の甘茶にも通じるように思われます。祈禱師や僧侶に当たる人間が、祭りの年の気温や湿度その他要素を併せて予測してその年に使う茶の配合を決めて草を集め、物によっては乾かしたり腐らせたり、粉にしたりなど加工して煮溶かし、とろりと茶色く透きとおった液体をこしらえます。配合された植物の中には生き物に猛毒な成分も含まれているらしく、飲めばもちろん、皮膚に触れるだけでも暫く痛みが取れないほどだそうです。

これを何に掛けるのかというと文字通り「ほとけさま」に掛けるのです。村から離れた社の裏に生える大樹には、普段住民はおろか私たちや村の政治を取り仕切る年寄りも近づかないのですが、祭りの準備の際には茶を桶へ入れ、担いで木の根元に運ぶのです。私は好奇心もあったので、ついて行って木を見ることができました。どうやらこちらあたりの葬式は専ら風葬のようで、独特の方法が取られているらしいのです。老いも若きも、男や女また小さな子供の亡き骸までもが島を見渡せる大樹の枝に座らされておりました。桶を担ぐ島の人間は普段ほとんど裸であるのに、この時は頭に頭巾、長い襦袢といった暑苦しいいでたちで、ささらに割った竹の棒を茶に浸け、木の枝に座らされた亡き骸へ浴びせるようにして振り回すのです。亡き骸は、体より発せられる分泌物と茶の化学変化により腐敗ならびに虫や鳥に食われることが無いばかりか、肌の張りや髪の艶もいつまでも変わることなく、裸で木の枝にそろって座り眠っているように見えるのです。

　祭りの当日は陽の暮れかかるころから木の下に島の人々が集まり、酒を飲み歌い踊ります。陽がすっかり沈んだころになると若い男たちが木の上へ登り腰かけさせていた亡き骸を降ろしてまいります。それから用意していた「茶」で一体一体丁寧に拭き清めてから手足を棒に縄で括り生きている人と死んでいる人とが繋がり輪になって踊ります。生きている人の巧いことをした動きに合わせて操り人形のように手足の動く亡き骸は、月明かりの中ではまるで本当に一緒に踊っているように見えるのです。我々も呼ばれて杯をいただき聖なる木の下でそれは幻想的な夜を楽しみました。驚くのは普段は呑気で怠け者にも感じる島の人々が、この夜は全員が祈禱師であり僧侶であるかのような、厳かでかつ穏やかな雰囲気をもち、最初は村の祭りと高を括っていた我々もすっかり居住まいを正して彼らの崇高な精神性に大変な感動をしたのでありました。

そちらもご無事で何よりですが、心配しているのは体力よりも気持ちの問題です。あなたは大変な働き者のうえ頑張り屋ではありますがどうにも細かく気にしたり、色々と無理をしてしまうところがあります。私はそんなあなたの気遣いにいつでも救われておりましたが、どうかこんな時ですから細かいことをくよくよ悩まず、気を大きく持ってくださいませ。陽太朗も日に日に逞しく育っているとのこと、嬉しい限りです。頼れるところはどんどん陽太朗に頼り、どうか無理しすぎることのないように。

真平

真平様
私は今日、このことをお伝えしたほうがいいのかどうか、大変迷っております。
戦局が長引いて皆の心も少しずつ、綻びができているのかもしれません。私のほうも真平様と一緒であったあの時のような希望が少しずつ薄れてきてしまっているようにも思えます。いけないことだ、恥ずかしくないようきちんと生きていかなくてはと頭では思っているのです。町の人々も皆支えあい譲りあっておりますがどこか冷え冷えとして張り詰めた緊張感と隣りあわせでいるような、いつか誰かが不安を爆発させてしまったならという、白々しい恐ろしさがすぐそばまで差し迫っているような毎日でございます。

昨日のこと、私はお昼ご飯の準備に井戸に向かうのに役場の裏手のほうの細い道を近道にして抜けておりました。真平様にはあまり一人で歩くなといわれておりましたあの裏道でございます。申し訳ないことですが、最近はずっとこの一番近い道を使っております。暗くなる前に家の仕事を済ませてしまいたいという思いと、広い道ではいつ飛行機から見つけられてしまうかと思うと怖くてならないというのが大きな理由でございます。頭の上からなんの準備もなしに撃たれ、何が起こったのかわからぬまま地べたに死ぬくらいであれば、目の前の暴漢に殴られ物を奪われるほうがよっぽど恐怖への準備ができるというものです。

そうして井戸で水を汲んでから再び戻る時、役場の裏手、破れた柵を越え空き地を抜け橋を潜った所で、私を見つめる二つの光るものに気づいてしまったのでございます。本当はもう暗くなりかけていたのですぐにでも家へ帰りたかったのですが、その光るものにどうしても吸い寄せられてしまった私は、光の元である低い藪のほうへ近づいてみたのです。はたしてそこには、一人の兵隊さんがいらっしゃいました。兵隊さん、といっても軍服の形も色も、我が国のものではなさそうです。髪の色や目の色、顔の形もその時は暗くてよく見えませんでしたが、あまりにも私たちの見た目とは違っておりましたため、直感で私は敵国の兵士であると感じ取りました。とっさに抱えた桶で身構えたのですが、目が慣れるにつれて兵隊さんは怪我か何かでひどく弱っているらしいということ、さらには兵隊さんの背格好がどう見ても私たちでいうところの小さな子供、うずくまっているようでしたが陽太朗よりは若干大きい程度の背丈だというのが理解できました。息も荒く小刻みで、おそらくどこかから逃げてきて隠れているのかと思われました。こうやって暗がりの藪に逃げ込んでいるというからには、見つかればそれなりの酷い目に遭わされるということなのでしょう。私は近づいて、彼の肩に触れました。食事を満足に取れていない私たちでも、かようになっているものはおらぬといったほどに細い頼りない肩は、驚くほどに熱を持って、おそらく軍隊の制服であろうと思われる丈夫な布越しにも汗をたんと吸って湿っているのがわかるほどでした。

私は何を思ったのかその時のことはもう夢中で記憶も朧なのですが、とりあえず少年を背負い風呂敷をかけて人目につかないよう注意深く家の庭まで連れて来たのでございます。背負って歩きながら、私は一つも後悔などしておりませんでした。陽太朗より少し年上であろうこの兵隊さんらしき少年、それがたとえ敵国の人間であっても一つの命に変わりはございません。

自分の命さえも危ないというのに、という考えも胸の内をよぎりましたが、むしろだからこそ、自分の生きる間に少しでも多くの命を守ることが私の使命であるかのような気持ちでおりました。それは生への執着のようでいて、全く逆のものであると私は思うのです。先だって、農家の方が配給とは別にお野菜を皆さんにお裾わけしていらっしゃったのですが、それを皆で生きていこう、生きて平和な世になるまで助け合おうという気持ちであるのか、あの世に持って行ける財産も食べ物も無いのだからといった諦念と取るか紙一重なのではないでしょうか。その時と今の私の思いは似ているものかもしれません。背負っている間に小さな兵隊さんは、喘ぎながら一言つぶやきました。おそらく、私の知らない国の言葉であるようでした。

庭の庇の下、あなたもご存知でしょう、もう使っていない大桶がございます。その中に兵隊さんを隠すように凭せ掛けて筵を上に張り、それから私は家の中を覗きました。土間では陽太朗が火を熾している最中で、私のほうに背中を向けしゃがみこんで、竈の火種を懸命に育てていました。声をかけると、煤で鼻の頭を黒くした陽太朗が笑顔でこちらを振り向きました。陽太朗はもう私の仕事のいろんなことを、私が言わずとも手伝ってくれております。本当にありがたいことです。この子が生まれた時の、この子の面倒をずっと見ていくという私の決意にはいまだ一点の曇りもございませんが、当時はまさかこの子がここまでしっかりと育つとは思っておりませんでした。体が弱く学校に行くことも叶わない陽太朗が風呂を焚き、台所の手伝いをしてくれているのです。あるいはこの戦局でなかったら、私は彼を守りに守って何もさせずにいたのかもしれず、この厳しい生活は陽太朗と私の体や心も磨き上げてくれているような、そんな風に自分を納得させている所があるのかも知れません。

私の真剣な顔に疑問を持った風の陽太朗に向かって、私は何も言わずに力の限り微笑み（といいましても、その時の表情はおそらく大変に不自然なものであったことでしょう）、肩を抱いて庭先まで連れて行くと、筵を取って桶に隠した小さな兵隊さんを見せたのです。陽太朗は驚きこそすれ、恐怖よりも彼の体調が大変そうなことに心配をしている様子でありました。私は陽太朗さえ怯えなければ大丈夫という確信を抱いたものですから、桶から彼を抱き上げると、物置にしております二階の座敷に担いで上げました。以前お母様がお使いになっていた布団を敷いて、破れて泥まみれの制服を脱がし、陽太朗の浴衣を羽織らせて横にしました。私が体を拭き、陽太朗は水と沸かしたお湯を洗面器に取って来てくれ、目に付く範囲ばかり傷の手当てをしてやりますと、小さな兵隊さんはずいぶん楽になった様子でスウスウと寝息を立てはじめました。改めて全身を見てみるとやはり奇妙というか、大人のような顔立ちでありますのに、そのまま尺が縮んでいるような格好で、ごくたまに発する言葉などから考えてもやはり敵国、そうでなくともどこかよその国の人なのではないかと思われました。彼の寝顔を見てから私は少しだけ平静を取り戻して、そうして横を見ると陽太朗も私の顔を見て暫くしてからしっかりとした様子で頷きました。この子にはあまり難しいことはわからないでしょう。ただ彼のことは私たちだけの秘密ですよ、誰にも話してはいけませんよと言いきかせると、いつもは何故ナゼの攻撃にあうところを「はいお母様」とだけ言ったのです。そうして二人の大切な秘密ができました。

　あなたの心配を解くために申しますが、まず第一に、この小さな兵隊さんは武器を持っておらず、また、体がとても弱っております。そうして次に、とても小さいのです。先ほど陽太朗の少し年上くらいの子供のよう、と申しましたが、体格でいうと陽太朗のほうがまだ肉付きは良いであろうと思われる、大変華奢な体つきをしております。暫くまともな食事をしていないようにも見えます。もう一つ最後に、これは私が真平様へ誓う約束事になりますが、この小さな兵隊さんの調子が少しでも良くなったら、私はまた同じ場所に彼を置いてこようと思っております。もし町中の騒ぎが大きくなるなどのことが起こりましたら、すぐに役場にお伝えしようと思っております。それまで、数日の間だけでも命を繋いであげようと考えるのは、たとえ危険であろうとも私たち母子のせめてもの我儘と思い、お許し頂けないでしょうか。
戦局長引くこの大変な折に真平様にさらなる心労を抱かせてしまいますこと、お詫び申し上げます。真平様も何卒、ご無理なきよう。

チヅ

チヅ殿
お変わりないでしょうか。ご無事でいらっしゃいますか。
先だってのお手紙につきましてはこちらも心配しております。道端の草や虫にも気持ちをかける優しいあなたと、その心を継いだ陽太朗が人の命を守るのは大変自然なことであり、もちろん私も誇りに思っておりますが、何より気にかかるのは町内の人たちとの係わりです。あなた方に限らず、この時勢に人はなかなか一人で生きられるものではありません。なんと申したらいいのか難しいところですが、色々な物を守ろうとしすぎるあまり心が破裂してしまわないように、ただそれだけを祈るものであります。
こちらは後の祭りとはよく言ったもので、どこか気の抜けたような、不思議な高揚感に浸ったまま毎日を送っております。といいましても実のところ、祭りは完全に終わったわけではなく、盆にちょうど迎え火と送り火があるのと同じでもう一度あのような宴を行って祭りの終わりとするのだそうです。最後の宴の時に再び木の枝に座らせるまではそれぞれの家族が亡き骸を家に持ち帰り、「茶」の風呂で沐浴させる以外は家族の一人として普通に食卓にも同席させて生活をするとのことです。島の中でも大きな家ともなると相当な人数の亡き骸がいます。また、何かの理由があって家族のいないものなどは、島のあちこちにある葺き屋根のついた簡易な祠で休まされています。朝夕に当番で島の人間が「茶」を掛けて拭き清め、食べ物を供える様子は地蔵様とあまり変わりがありませんが、道端のあちこち、屋根の下に座っている亡き骸を見ていると、人間に限らず死んだものをなるべく隠そうとする我が国の文化とは大層な違いがあり、困惑するものであります。もっとも、「茶」の効用により腐りもせず虫や鳥にも食われない亡き骸は、私たちの目から見ると肌の色こそ若干濃いものの（とはいえ島の人間は皆よく日焼けしておりますゆえ、似たり寄ったりなのですが）、ただ雨宿りやうたた寝でもしているかのように思われるのであります。私が畑仕事に通る道に座っている亡き骸などは、鼻が大きく欠けております。生きているうちに大きな怪我をしたのか、はたまた「茶」を掛けるのを鼻だけ忘れられて、鳥や虫についばまれてしまったのかはよくわかりません。

私はといえば、相も変わらず畑仕事の日々でございます。変化といえば毎日面白いように育つ作物ばかりで、それも成長が順調であるという意味では「変化なし」とみなすこともできるもので、空を上下あべこべに飛び続ける敵機に脅えることもなく鍬を振り上げ土を起こし続けており、こんな状態で、いったい国のお役に立っているのであろうかと不安に駆られる日々でございます。このように無事な私ですら不安になる状況なのですから、あなたと陽太朗の心の震えは察するに余りあります。こちらから何もしてあげることができないのが歯がゆいです。あなたがたは何も間違ったこと、恥ずかしいことなどしていないのですから、自分がお辛くなったらすぐに役場やお隣へでも駆け込んで助けを求めるように。

真平

真平様

先だってはあのように取り乱したお手紙をお送りしてしまいまして、申し訳ございませんでした。あの後すぐに差出を取り消してしまいたいような、恥ずかしい気持ちで過ごしておりましたところ、真平様からかようなな思いやりに溢れたお返事を頂きまして、なおのこと申し訳ない気持ちでおります。

件の小さな兵隊さんは、簡単に片付けました二階の北側にある物置に休んでおります。あそこは窓もなく光こそ漏れませんが、昼間に部屋との扉を少しばかり開けておくとサラリとした風が入るため湿気の心配も無く、あなたが特に大切な本を仕舞っていらっしやったところでございますので、病人にも調子がいいのではないかと思われたのでございます。本はどうにかして巧く纏（まと）めてきちんとその部屋の手前に納めてございますのでご安心を。彼はまだ体を起こすのが難しいとはいえ私の作る芋湯を飲み、若干顔色に血気が差してきたように思われます。相変わらず言葉がよくわからないのですが、同じく言葉のいくぶん不自由な陽太朗と通じるところがあるらしく、たまに私が外の用事から帰ると何やらクスクスと笑いあったりなどしています。疎開から除外となり、友達とも離れてしまった陽太朗にとっては、姿かたちや言葉こそ違えど、同じ子供同士の、久々の交流が嬉しいのかもしれません。そして、怪我をしているということを差し引きましても、彼の怯えも敵意も感じられない眼差（まなざ）しを見ていると、やはりこの子は何か私たちに危害を加えることなど無いような安心した気持ちになってくるのでございます。彼は自分のことを「ニヤ」または「ニャ」というような言葉で名乗りましたものですから、私は「荷屋」や「尼家」などのことかと思っておりましたがどうやらそもそも我が国の言葉ではないようです。ただ名前に言葉の違いがあるわけではないという気もいたしましたし、何よりも聞いた陽太朗は以来彼のことを嬉しそうに「兄（に）ぃや」と呼ぶようになりました。そう聞くとなるほど、陽太朗より少しばかり年嵩（としかさ）に見える彼は、少しふわりとした雰囲気も陽太朗と似ていて、なんとなく兄弟というのも不自然ではないような気がして見え、私もなんとなしに「兄ぃやさん」などと呼んでしまうのであります。
　もちろん、彼の体がもう少し良くなって立ち歩けるようになりましたら、きっと彼を見つけたあの叢（くさむら）の辺りまで連れて行ってお別れをするつもりであります。それまでは、私も陽太朗も一切身近な人間にさえこの秘密を漏らすまいと考えております。ですから、この間は私も取り乱してしまってはおりましたがもう大丈夫でございますからどうかご心配いただきませんよう、真平様もどうかご無事でお過ごしくださいませ。

チヅ

真平様
　如何（いかが）なされておりますでしょうか。兄ぃやもここのところは自分で体を起こし、さすがに立ち歩くことはまだ難しいようでございますが少しずつ快方へ向かっております。表に出さないように、障子や灯り取りのそばに立つなど人の目に触れることのないようにと陽太朗にも強く言って聞かせておりますし、兄ぃや自身も言葉がわからずともなんとなく分別がついているのでしょう、物分かりの良いところや落ち着いた佇（たたず）まいを見ておりますと、やはり兄ぃやは子供ではなくどこか小さな国の大人の兵隊さんでは無いかという気にもなってまいるのです。伝えることが難しいとわかったためか口数は一時よりもずいぶんと少なくなり、その代わりによく私と陽太朗の会話をじいっと聞いております。陽太朗と二人の時は、部屋の端に仕舞われたあなたの本の中から植物百科などを取り出して、順番に指さしながら何やらお花の名前を囁き合っているのです。

近頃私はどうしたら良いかわからず悩んでおります。時期がくれば必ずお別れが来るよと陽太朗には最初から何度も言って聞かせておりますし、私自身の心ももう決まって、できれば早くその日が来ればとさえ思っておりました。しかし陽太朗はいっそう兄ぃや、兄ぃやと懐くばかりですし、兄ぃやのほうでも私たちの言葉を理解し、私と陽太朗二人の生活に寄り添おうとしてくれているように感じられる様子を目にするにつけ、心のどこかではこのまま、兄ぃやの体が完全に治らないまま、この国の戦いが終わって町に出ても誰一人私たち三人をとがめるような目で見つめたり、棒で叩いたりすることのない世の中にある日突然なってしまえば良いのにという気持ちでおります。

昨日の午後にもまた、飛行機で刷り紙がばら撒かれたようでございます。以前より皆どこかキリキリした様子で、刷り紙を細切れに破り踏みにじるものもおりました。

真平様はお忙しいのでしょうか。一行でもお返事を欲するような我儘があってはならないという気持ちと同時に、真平様のご無事を知る唯一の手段であるお手紙が途絶えることに言い知れぬ不安を抱えてしまうのでございます。

どうか、ご無理なきよう。

チヅ

チヅ殿

お返事が遅くなってしまい申し訳ありません。ただこちらで起こりましたとても不可思議なできごとをどうご報告したら良いものかと悩んでおりましたため、ご容赦いただければありがたいと思うものです。

ひょっとすると私の書いたこの手紙を読んだあなたは、遠い南の島で暑さに浮かされ厳しい訓練や野良仕事で気がふれたのではないかと思うかもしれません。否、実際そうであるのかもしれません。気をおかしくした者は、自分をそうだと中々認めないものです。私も本当は頭のどこかがおかしくなっていて、こんな荒唐無稽な幻を実際に起こったことのように感じているだけかもしれません。

この間のお手紙で、奇妙な祭りのことをお伝えしたかと思います。樹上に座らせて葬っていた亡き骸を木から降ろして一緒に輪になって踊り、しばらくの間地上で生きた人間と同じ暮らしをさせるというものだったのですが、盆の送り火に当たる日、暫く共に暮らした亡き骸を樹上に再び座らせるための踊りが行われるのです。最初の時と同じように、生きているものと死んでいるものとを木の棒で繋ぎ輪になって踊ります。これも夜通しです。暗い夜、火を囲んで踊るのを眺めていると、皮膚の色も何もわからず、すべてがごちゃ混ぜとなって、まるで誰が生きていて死んでいるのかわからなくなります。そうしてずっとずっと踊って、踊って、白々と夜が明けます。その時の私の疲れた目で見て、酔った頭で感じたものは、今となってみても錯覚か何かだったのではないかと思うのでございます。踊りの終わりの太鼓が鳴って、ゆっくり足踏みが止まった瞬間の私の驚きをどうお伝えしたらいいのでしょう。手かせ足かせをはずした瞬間のくったりとなった亡き骸を軽々と抱えあげたのは、鼻の欠けた男だったのです。男はひょいと肩にそれを担ぎ、すたすたと歩いて木の根元に立つと、あいているほうの手で幹の瘤をさぐりさぐり登っていったのです。そうしてなんとも手際よく亡き骸を座らせると、木の枝を跳んで降りて来ました。

近くにいた島の少女の言うには、祭りの最後の夜に死人と生きたものが輪になって、何周もぐるぐる回りながら一晩中踊ることで、どれが死人だか生きているのだかわからなくなった人たちは、生き死にがごっちゃになってしまうのだそうです。そんなばかな、と最初は思いました。島の強い酒で悪酔いして幻覚を見たのだろうと思いました。ただ次の日から、確かに農夫の家には鼻の欠けた男が暮らすのです。妻も元の農夫の妻であるのに、鼻の欠けた男とともに暮らすということです。よくよく考えてみるとそういえば、この島に来てから子供が生まれるのをまるで聞きません。お腹(なか)の大きな女の人もついぞ見かけません。ひょっとしたら子供は子供のまま、青年は青年のまま、娘は娘のまま、老人は老人のまま「交代」しているのかもしれません。私が相当、腑に落ちない顔でいたのでしょう、島の少女は少し吃驚したように、それでも笑顔で、

「兵隊様の国は『外側』を一回使ったきりで捨ててしまうのですか。もったいない」

というような意味の島の言葉を発して、水を浴びに行ってしまいました。

ひょっとしたら私たちの隊は、集団で狐にでもつままれているのかもしれません。島の酒、よく育つ作物、いくつも見える虹といった物に催眠作用でもあるのでしょうか。いや、むしろそれらがすべて催眠によって見ている幻なのかもしれません。私は愈々、沢山のことがわからなくなりました。

ただ、私は毎日生きて、畑を耕しております。それだけは事実であるのです。手にはいくつかの肉刺と痛みがあります。日に焼けた体には筋肉の瘤があります。

　変なことを書いてよこして、と思われるかもしれません。ふざけて騙そうとして、と思われるかもしれません。

　ともかく元気で、早くまた三人で過ごしましょう。

真平

真平様

便りが無いのはなんとやら、とは申しましてもやはり梨のつぶては心配で、毎日生きた心地せず暮らしておりました。

いいえ、真平様が嘘をつくだとか騙すなどとは露ほども思っておりませんとも。私は最近思うのでございます。こんな大変な世の中で、私たちが生きていることすら奇妙に思えるほどの困難の中で、どんなできごとが起こっても、そんなもの不思議のうちになど入らないのではございませんでしょうか。

私が最近、そう思うようになったことが、こちらでも起こりました。真平様があのようなお手紙を送って寄越しさえしなければ、私も自分が気をおかしくしたかと考えて、お手紙に書くこともままならなかったかと思います。

空から刷り紙が撒かれても、もう誰も怖がりません。皆は気を張り続け、誰かを見張ったりし続けたことによる疲れで、なんだか逆に、すっかり穏やかな気持ちになっているのでございます。ですから陽太朗が私に、

「兄ぃやと一緒にぼた山に行きたい」

と言った時、私は反対しませんでした。きっと今のような状態で、少しばかり様子の違う子供が二人、仲よさそうに歩いていたとして一体誰がそれを咎(とが)めるでしょうか。

それに気になりますのが、陽太朗は最近、兄ぃやが縮んでいるといって泣くのでございます。私もうすうす気づいておりましたが、兄ぃやは最近少しずつ、なんと申しましょうか、痩せているのではなく体の肉付きはそのままに小さくなってきているのです。大きさに関して以外は、元気になっているように見えます。ご飯も食べております。床の上に座り本を眺めたり、部屋の中でいろいろ動いたりしています。それでも、私と陽太朗の気のせいかもしれませんが兄ぃやは日ごとに小さくなっているように見え、それを心配して陽太朗は夜ごとべそをかくのでございます。

陽太朗の気が晴れたら良いだろうという思いと、やはり兄ぃやはもう長くはないのかという不安もあり、この部屋にずっといても仕方がないという気持ちで、私は二人にお山へ行こうと言いました。朝、二人には枕を打ち直してこしらえた頭巾をかぶせ、私のほうは手ぬぐいで軽く頭を纏めて覆い、お芋と粉を練ってふかしたお饅頭をいくつか包みまして、一緒に裏のぼた山へ向かいました。陽太朗は大層喜んで、兄ぃやの手をひいて歩いていくのです。最初は久しぶりの外出に目を眩しくしたり、こわごわと足を踏み出していた兄ぃやも、陽太朗の手をとり歩きだしました。良い天気でした。私たち人間が死ぬ死なぬに拘わらず、緑はとても美しく、空気はとてもおいしいものです。私たちが下ばかり見て、暗い部屋にいる間にこの国は気持ちの良い初夏となっていたのです。

お天道様は平和なところにもそうでないところにも等しく照るという至極当然の、陽太朗にもわかるようなことを私はいまさら、思い知ったのでございます。ぼた山までの道すがら、私たちはずっと笑っておりました。兄ぃやも途中くたびれた時は少し私がおぶいましたが、それでもずっとにこにこしておりました（思えばこの時、あの子は驚くほど軽かったのでございます）。

頂上で広がる景色を見ながら陽太朗が、

「お母様、あの大きな楡の木に登りたいです。兄ぃやと！」

と、お饅頭で頬ぺたを一杯にふくらかしながら申しました。覚えていらっしゃいますか。あなたがよくぼた山の本当のてっぺんはここだよと言って、まだ小さな陽太朗を抱えて登っていらしたあの木でございます。陽太朗曰く兄ぃやが楡の木をじいっと見ていてそれでなんだか胸がさわさわしたと。

私は少し心配をいたしましたが、陽太朗にそのような、他者を思う気持ちの芽生えたのが嬉しくもあり、今させてあげられることはなるたけという思いで私が手を貸しながら陽太朗と兄ぃやは少しずつ太い楡の木を登ってゆきました。そして丁度良い具合に太い木の叉に二人で腰を掛けて懐からお饅頭の残りを取り出すときゃっきゃとはしゃぎながら仲よさそうに食べ始めたのです。私も幸せな気持ちでいっぱいになって、木の根の

瘤に座って休みました。しばらくして、

「虹です。お母様」

というはずんだ声が聞こえました。私が座ったまま上を見上げると、葉の茂る枝の付け根から陽太朗の腕だけがにょっきりと伸びて、遠くを指さしているのが見えました。指の先を辿(たど)ってみると、私たちの住む町のもっとずうっと先のほう、見事な丸虹が架かっていたのです。丸い二重の虹。うっとりと見ていると、暫くして虹の真ん中から最初はぼんやり、そうして少しずつはっきりとした橙(だいだい)色の火柱が見えてきたのでございます。それから少し遅れて、耳の裂けるようなドンの音。音が、遠くから大きな波のように麓の町を撫(な)でてぼた山の斜面をせり登ってくるのが見えました。山頂に届いた瞬間、私の全身、纏めていた髪の毛の端まで震え上がり背を凭せていた幹に響き山に在るすべての葉っぱがギュワッギュワッと騒ぎました。二人とも降りていらっしゃい早く、と叫ぶ声も自分は出せていたかわかりません。幹を叩いて必死に口をあけて空気を肺から押し出しました。あんなに遠い場所の空襲の光なのに、頬が焼けるように熱かったのが余計に恐ろしく感じました。ドンの余韻の耳鳴りがようやく収まりかけ、代わりに火のついたように泣き叫ぶ陽太朗の声が聞こえてきました。

「お母様、兄ぃやが」

夢中で木によじ登りました。木の叉には陽太朗が一人きりで座っておりました。

「兄ぃやが、干からびてしまいました」

陽太朗の腕には今朝兄ぃやに着せた着物に包まれた木の枝が抱えられておりました。泣く陽太朗を抱えて降り、山道を戻りました。生きた心地などしませんでした。誰一人、道を歩いておりませんでした。爆弾はずっと遠くに落ちたようだったのにあの音と熱さです。私たちの町もすぐあれに呑(の)まれてしまうだろうという気持ちがしたのです。あの刷り紙の表面に書かれた「新型爆弾」の文字をいまさら思い出し、嗚咽(おえつ)のやまない陽太朗をおぶいながら走りました。響くような音はいまだ鳴り止まず空を支配していて、火こそ届いておりませんが、町の温度も確実に上がっておりました。吸う空気の熱さで喉がじりじり焼けるような気持ちがしました。無事家に着きあなたにこしらえていただいた地下の壕へ入った途端、体の力が抜け私は陽太朗を抱きしめたまま汗びっしょりで気を失うように眠ってしまったのでございます。夢も見ませんでした。お腹も減りませんでした。陽太朗はずっと、「兄ぃやが」とすすり泣き続けておりました。

目が覚めて壕の蓋を開けると、眩しいほどの青空に雲雀(ひばり)が飛んでおりました。外に出るとあの熱く重い空気は一転、澄んだ気持ちの良いものに変わっておりました。洗濯物もすっかり乾き、塵一つついておりません。道を見ると忙しそうに水打ちをしている人やお使いをしながら立ち話をしている人もおります。あまりに普段どおりの生活のために、私は寝ぼけていたのではないかとさえ思ったのでございます。ただ一つ、兄ぃやがいなくなったことだけが、変わったことでありました。私たちは庭に陽太朗の抱えていた着物を埋めて、木の枝を刺してお墓にいたしました。

木の上に座ったまま、音と風を浴びた瞬間に干からび、木の枝になってしまった兄ぃやのことは、おそらくこのお手紙以外で誰にもお話しすることはないでしょう。

南の島もどんどん暑くなってまいりましょう。どうか、お気をつけて。

チヅ

チヅ殿

ご無事とのこと、私がこしらえた壕も役に立っているようで何よりです。もっとも、役に立つようなことなどないほうが良いに決まっておりますが。

あなたからの手紙を読んでから、兄ぃやのことを思いました。こちらの人々は制服を持ちませんし、兵役についているものもおりません。さらには写真さえ見ていないというのに私は、兄ぃやがこの島からそちらに行ったのかもしれないと考えております。

ここは戦争だけでなく、見ていると喧嘩(けんか)らしきものが一切ないのです。なにぶん体を繰り返し利用する方法を知っている人々ですから、不慮のできごとで怪我をしない限り、滅多なことでは体を傷付けないのでしょう。矢鱈（やたら）と働かないのもそういったことが原因かもわかりません。島の人たちは「こういう方法」をある時から知って、それ故に「外側」を大事にして傷付け合わず生きているのだと思われます。それでもあの、鼻の欠けた男のように、不慮の事故は起こります。火事や高いところから落ちる、または波に呑まれ溺れる（実際島の人の事故死は溺死が殆（ほとん）どであります）場合に、体が焦げたりばらばらになったり溶けたりすると祈禱師でも「茶」でもどうにもならず、その時にだけ島の女が子供を生むということです。

私は話を聞いているうちに、この方法を覚えぜひ我が国に持ち帰りたいと思いました。命の終わりを怖がらなくなるからという理由だけでなく、この方法があれば人はもっと平和に生きることができる気がしたのです。敵機は相変わらず、この島など存在しないかのように頭上を気持ちよく飛んで行きます。

爆弾ももちろんですが、雨の多いこの頃、梅雨の湿気にてお体を壊しませんよう、陽太朗ともども大事にするように。

真平

真平様

お元気でいらっしゃいましょうか。

私はこのところのできごとを、最初からまるで夢の中のことのように思っておりましたが、陽太朗のほうはよほど兄ぃやのことが悲しかったのでしょう。あれこれ手伝ってはくれていますが、ふと気づきますと件の図鑑など眺めているのでございます。

私は陽太朗のそばに座り、図鑑をのぞき込んで驚きました。図鑑の一頁ごとに庭先の葉っぱや細かなお花が押してあるのでございます。そうして何かしら小さな文字のようなものが一杯に書き込まれていました。真平様が書かれたものでないことは私もよく存じておりますゆえ、陽太朗と兄ぃやの仕業でしょう。図鑑を眺めるうちに意思疎通した二人は陽太朗が採集係、兄ぃやが標本係と手分けして図鑑の情報に書き足していったのではないかと思われます。陽太朗は頁を捲り、押した葉を指で弄びながら、何やら小さな声でぼそぼそと独り言を申しておりました。あまりに小声だったせいか私にはその言葉を理解することができませんでした。

私はと言えば、兄ぃやを悲しみ悼む気持ちがないではございません。小さな兵隊さんは私の家で確かにいたのです。私と陽太朗の二人だけの秘密ではありましたがまぎれもない事実だったのです。でも、だとしたならば、兄ぃやはなんのためにあの藪で震えていたのでしょう。家の庭の植物を集め覚え書をし図鑑を眺めていたのでしょう。私にはこのことに兄ぃやとお別れになったという悲しみ以上の何か大きな意味があるように思えてしかたがないのでございます。ただ今となってはこれもすべて私の勝手な憶測に過ぎず、町の誰に申しましてもきっと私の疲れによる幻と気の毒がられるばかりでございましょう。

真平様もどうかご無理なさいませんよう、島の方を見習って適度に怠けながらお体を大切になさってください。

チヅ

チヅ殿
そちらは、そろそろ梅雨に入る頃でしょうか。こちらはもう三日も何もできずにただ設営所におります。「風」のせいです。
上天気であったこの島も、時折強い風が吹き嵐のようになるのです。我々の到着した日もそうであったかと思われます。しかも今回の風は特に巨大なもので、このようなものは数十年前に一度あっただとか、いやその時もかように強くはなかっただとかいう島の人々の話から、今回の天候が異常なものだというのがわかりました。私はこの天候の中、荒れる畑や戦局の心配よりも樹の上の人々が気がかりでおります。
そうして当然のことながら、この天候では満足な訓練もできず皆の気持ちも徐々にささくれ立ち、我々は敵国にも無視をされ続けている。このような辱めを受けてなお、ただ穀つぶしに無為な毎日を送るなど耐えられない。このままでは黴びて腐り死んでしまうと言ってはあちこちで衝突を始めるようになりました。

私はといえば、ただ部屋で考えているのです。無為に生きることが衝突を生む我々と、長く生きるために、できるだけ無為な生活をしようとしているこの島の人々は、生き物としての根本が違うのではないか。我々がもし、なんらかの方法でこの島の人々のような命の使い方を学んだとして、果たして同じように生きていかれるのだろうかと、風が響く屋根の下、悶々としているのです。

今朝、強い風の吹き始めた中、鼻の欠けた男が私を訪ねてまいりました。男は、設営所の屋根を張る布を少し貸してほしい、と話すのですが、軍のものという規定云々を差し置いても、厳しい戦局で老朽激しく現在使っている分で我々も不足であるため貸与してやりたいが難しい、と伝えたところ、男の心配事は樹の上の人々のようで、このような強い風はかつてないほどだから、かなりの数の体が吹き飛ばされ海へ落ち使い物にならなくなるだろうと言うのです。なら樹から降ろして屋根のある場所へ入れればいい、と言いましてもあの樹の高さと葉や幹の成分が関係しているので祭りの時以外は降ろすことができないということで、やはり私たちには計り知れない多くの自然科学的な根拠があるのだろうと納得し、では何か他に策はないかとたずねたところ、男は残念そうに首を振り、風は残酷で不便だがこの島以上の場所が今のところ見当たらないのだと言うのです。

出て行こうとする彼に、ふと私は気になって訊きました。あなたがたはそうして長く生きて、いったいぜんたいどうするのかと。彼はまだ若いように見えたのですが、きっと既に長いことこの島に生きているのでしょう。私たちは卓に向かい合って座り、彼は小さな紙に図を描いて説明してくれました。

彼らは、どうやらどこかからどこかへ移動している最中のようなのです。その地点がどれだけ離れているのか、また、どのくらいの時間をかけて移動しているのか、それは彼ら自身にもわからぬと言うのです。ただ、とても、長い時間がかかるということだけを理解している、と彼は言いました。彼らが体を再利用するのも、疲れず無理をせず、私たちから見れば無為なように過ごしているのも、最低限の労力で作物が取れるこの島の仕組みも、何か果てしのない航海に、私たちのような余所者がこの大風に運ばれて漂流してきてしまったようなことなのかもしれません。鼻の欠けた男は、ならない鼻歌をならしながら帰ってゆきました。

日が暮れる頃になって、天幕の隙間から覗く空を、小さく虫のように飛んでいく島の人の体が幾つか見えました。大事にすることも無駄にすることもできる命が、それとは別に本当に簡単な、ごくどうでも良いことで無くなるのだと思い知りました。

あなた方も、どうか気をつけるように。元気な姿で会いましょう。

真平

真平様
そちらも雨が多うございますか。こちらも傘を持ち歩く日々でございます。

私、気がついてしまったのでございます。真平様と私の関係を。夫婦、という人間社会の上での関係のことではございません、あなたの耕す南の島の土と、私の立ちつくす庭先の関係といってもよいかもしれません。

夕べ、陽太朗があなたのことや兄ぃやのことを思い出したのか、切ながってべそをかきましたので、

「大丈夫、お父様は同じお空の下で元気に頑張っておられますよ。じきに会えます」

と言ってあやしました。すると陽太朗は、

「では兄ぃやは」

と聞いてきましたものですから兄ぃやはお空の上に……、と言いかけてはっといたしました。地続きであろうとなかろうと、同じ空の下にいることはできる、人はお空の上にいても同じ空の下であるのに変わりはないと思ったのでございます。

ひょっとしたらあなたも、お空の上にいらっしゃるのではございませんか？

私は今まであなたは同じ空の下、地続きのずっとずっと遠い異国の南島においでであると思っておりました。だのに手紙のやり取りはまるですぐそばに、いいえ寧ろ同じところに立っているかのように同じ時が流れているのが不思議でなりませんでした。

しかしたとえばどうでしょうか、空の反対側、同じ空を挟んで向こう側にあなたの耕す大地があるのだとしたら。天気や時の流れは全く同じの空の下、いいえ私から見ましたらあなたの大地は空の上、あなたから見ましたら私のいる場所は空の遥か上となるのでございます。荒唐無稽な妄想とお笑いになられるでしょうか。私も自分の思いつきがあまりにも突飛なためどう陽太朗に説明してよいか困惑いたしております。どうやってあなたがたお国の隊が空の向こうの大地に着いたのか。私の頭では全く考えも及ばないのでございます。ただこのお手紙がどうやって我が家の郵便受けに到着するのか。それはきっとあなたの頭上を行きから飛行機、お腹と背中をあべこべにして飛んでいると仰っていた戦闘機が、私のおりますこちらへ向かって投下するもの。

そうですとも、きっとあの、盛んに刷り紙を撒くあの飛行機なのでございます。

灰色の雲の上、あなたのいる太陽の眩しいそちら側の空から、刷り紙とともに私にあなたからのお手紙を飛行機が落としてよこしているのだと、本日私は確信いたしたのでございます。あなたは空襲などされませんとも。無論、私たちもです。あなたと私の頭上を行きかうあの、空飛ぶ乗り物の中には、紙っきればかりがパンパンに詰まっているのですから。言葉の刷られた紙切れは、空のあちらとこちらを繋ぐために、私どものいる町へ撒かれるのでございます。そこに混ざっているのが、あなたのお手紙なのです。

　きっとあなたは極限の毎日に私の心が破裂してしまったとお嘆きになるでしょう。このような邪想に縋（すが）らねば毎日、この大地を踏みしめ陽太朗の手をひいて生きていくことができなくなったと、私の弱さに落胆なさるでしょう。それでも私の確信は揺るぐことが無いのです。

　また、きっと一緒に暮らすことができます。それまでどうか、どうかお元気で。

チヅ

L.H.O.O.Q.

野生であるかそうでないか、その中でも捕食するのか、またされる側なのか、あるいはその両方であるかに関係なく、あらゆる生き物というものは姿を世界に馴染ませて他者に見つかりにくくするのが進化の要であったように、私にはどうしても思えてしまうのです。ですから、こんな、自分のようなろくに生き物を飼ったことの無い人間が、あんな短くそして太い、そのくせひどくすばしこい生き物をこの街のどこかで見つけ出せるとは到底思えないでいるのでした。

先月、妻が他界しました。亡くなるには確かに驚くほど若く、また大変に惜しまれる人間であることに間違いはなかったのですが、唯一の家族であるところの私に対しては大変に我儘(わがまま)な乱暴者で、私の存在など何も勘定に入れてくれていないような妻でした。ただ最後はあっさり、私になんの手もかけさせないような逝きかたでいなくなりました。そこそこの額あった遺産や保険金は、抱えていた事業の当座の運転資金等であらかた相殺され、さらにそれらを人手に渡したり処分するまでの手数料でうまく帳尻を合わせたかのようにすっかり消えてなくなりました。私がこういった金の扱いに不慣れのため、手際が悪く下手糞だったのかもしれません。妻であればもう少し巧くやったかもしれませんが、それで却って、また負債を増やすなんてこともしでかしたかもしれません。

　私の手元には、尻尾の短く切り落とされた、太った小型犬だけが一匹、後に残りました。妻が生前大変に可愛がっていたこの犬は、鼻が低く目が離れ、妻の縮小版とも見えました。妻も意識的に、カジュアルな会合や取材の席では、彼女と犬の身に着ける服の色やデザインを揃えて「うちのコ」と呼び、場に興を添えるなんていうこともしていました。私はその犬の世話など一切やっておりませんでしたが、妻とは正反対に犬のほうはこれは私に大変懐いていて、どんな行動をとるにもまず私をちらりと見て、私が犬を気にかけているかどうか、確認してから動くというようなことをするのでした。太い胴体をピンクのフリフリとした服に包んで、私の挙動を逐一気にする姿は、私をまったく視界に入れない日も多いであろう妻に、まるで私のお目付け役を仰せつかった小さな分身のようでした。また、妻が、私への想いを結晶化して外部に排泄した実体がその犬であるとも思えたものです。確かに健気でかわいくはあるのですが、雄であったために私にはその風貌や懐きかたにやはりどうしても違和感があり、折角なのに申し訳ないなと思いながらもなかなか手放しでかわいがることができないでいました。

　妻はどちらかというと太っていましたし、先の犬の件でも申しましたように一般的な尺度で見ると、いわゆる器量よしと言われるような、整った顔を持っていたわけではありませんでした。しかしどういうことか、若いころから妙に異性にもてていたようです。いや、どちらかというと、ある程度大人になって働き始めてからのほうがもてていたのかもしれません。欲目かもしれませんが、妻は同世代、あるいはもっと若く美しいとされている他の女性より光って見えていました。元始、女性は太陽であった、とはどこの科学者の言葉だったでしょうかね。

　そんなところからか妻は、亡くなる直前までもよく男に恋慕されていたようです。しかしまったくこれも奇妙なことに、妻はそういった男たちにはあまり興味がないようでした（もっとも、夫である私にもまったく興味がないようでしたが）。おそらく彼女は、私と結婚する前も、そして後も、恋愛なるものの経験などなかったように見受けられました。

　そんな妻が旅立ち、忙しさが通り過ぎてから私は一人で生きていく準備のために犬を手放すことを考えました。私にも、妻のそれとはまったく比較にならない程度ではありますが、ささやかながら毎日の仕事というものがありますし、屋敷を手放して、マンシヨン暮らしになったということもあります。仕事中、妻のように犬を連れて歩くわけにはいきません。まず私は、無理を承知で妻の友人たちに打診をしてみましたがあっけなく却下されました。理由は簡単です。犬は妻と私以外の人間にまったく懐いていないばかりか、他の人間を獲物かなにかだと思って仕留めるような目で見ておりましたし、妻の生前、訪ねてきた知人が廊下で寝ていたので驚いて起こしたところ、すみません私が居眠りしてしまってと慌てて飛び起きる首筋にくっきりと歯形があったことも、一度や二度ではありませんでした。

　そんな犬のことですから、たとえそれなりの施設に預けても、すぐになんというか、良いように処置をされてしまうのではないかという気がしますし、万が一そうなった場合、空の上から恨みが槍（やり）のように飛んできそうで、誰に頼む、どこに預ける、といったこともなかなか考えられないでおりました。

　一方で、犬は妻がいなくなってから、いっそうこの世の中に対して捻（ひね）くれた態度を取るようになってしまいました。私が仕事を終えて帰ると家の中は芸術的と言って良いほどの見事なやり方でめちゃめちゃにされていましたし、餌も排泄物の処理も意固地なまでに妻のしていたそのままを求めるようになっていました。散歩は分単位で正確な時間を守り、決まった道が工事中であろうとなにが落ちていようともその道以外は絶対に通らないというありさまでした。

しかしその日は、なにやらこの国にとって大きな法案の可決がどうこうしたとかで、家の近くの広い公園では大規模なデモ集会とやらが行われていたようでした。ただでさえ朝からやかましかったのに、そこが犬の散歩ルートであることがいっそう私を暗い気持ちにさせました。できれば時間か、経路を少しずらしたいとも思ったのですが、犬のほうは先の通り、頑として譲りません。私は、人嫌いのこの犬が、あれだけの他人を目の前にして平静でいられるだろうか、という懸念をもって家を出ました。

綱を短く持ち、恐る恐る公園を横切るいつもの道に足を踏み入れましたが、はたして人混みは、私の考えていたよりもずっとひどいものでした。狭くはない広場には、人がぎちぎちと満ちていてさらにそれらがめいめい声を張り上げ、大音量でなにかの音楽さえ鳴っていました。それは、人の多い場所がさほど苦手ではない私でさえ、それなりに恐怖を感じるほどの騒ぎでした。

ひょっとすると、私のこの緊張が綱越しに伝わってしまったのかもしれません。瞬間、犬は短い体を弾けるばかりに左右にくねらせました。私はラメの入ったピンクの綱を強く引き絞りその力に抗いましたが、勢いよく左右に捩(ねじ)られた太い首の皮の弛(たる)みが首輪を滑らせ、直後、私と犬の間に革の首輪が落ちました。私はもちろん、犬のほうも、その状況を把握できないでいる間がしばらくあり、私のほうがはっと気づいたときには、犬は主張の声を上げる誰ともつかない人々の足の間を魚雷のように潜って消えていってしまいました。あまりの速さに、集団のうちの誰もが犬が足元を走ったなど意識していないような状態でした。

私は、しばらく首輪を綱の先にぶらさげたまま、騒がしい中で、これは捨てたのではない、犬の自主性に任せて生きていっていただくことが私と犬の運命だったのだと自分に言い聞かせていました。要は都合良く厄介払いができた、と考えたのだと思います。妻がいなくなって今まで、犬の処遇について考えなかった日などなかった私の、心の晴れようをお察しいただけたらと思います。

肩の荷が降りた気持ちの一方で、どうにも拭えない違和感というものもありました。捨てるつもりでいたはずの犬に捨てられたという、なんとも自分勝手な考えではありますが、そのどうしようもない、選択権が私のほうにない状態に、まるで妻に心の底から見放されたような気持ちになったのです。とはいえ犬を見つけて、さて改めて捨てましょう、というわけにも行かないでしょうが、とり逃がすにしてもなんの挨拶もなしというのはさすがに妻に申し訳ないという気持ちが強く、ひとまずは犬探しをしようと考えたのです。なにもこの世界からすっぱりといなくなったわけではありません。むしろこの街のどこか、離れていない場所に必ずいるはずなのです。

日が暮れてもなお、公園の人々はいなくなる気配がありませんでした。私は公園の端の花壇の縁に腰を掛け、なお勢いを増す集団から発せられる言葉に混じってどこからか犬の声がしないかと耳を傾けておりました。言葉はときに暴力的であったり、また、悲痛であったり、かと思えばひどく呑気(のんき)であったりもしました。特に、ひとりひとりがあげる言葉よりも、みんなで一斉にあげる掛け声がどうにも滑稽に聞こえてしまって、私は失礼にならないよう口元を隠して咳払(せきばら)いを我慢する振りをしながら笑いをこらえていました。

私は犬については本当に無知で、そのためにいったい犬が自分の寝床以外でも眠ることができるのか、また餌がなくてもゴミや他の生き物を捕まえて飢えをしのぐことができるのかなどまったく判らなかったのです。

また、私は日の暮れた公園に立って犬の名前を呼ぼうとして、大変に驚きました。妻があれだけかわいがって呼んでいた犬の名前を覚えていなかったのです。思いだそうとしても口のそばまで出るのは、ポチや、タロなどといったパブリックドメイン化された犬の名前ばかりで、そのどれもがあの犬の名前のようでもあり、どこか違うようでもありました。私はあきらめておい、とか、やあといった声を出してあの短い体の犬を探し回ったのですが、呼びかけても振り返るのは、集会をしている人の中の、恐らくはおい、とかやあ、という言葉で呼ばれ慣れていると思しき人たちばかりでした。犬というのは人と違って、具体的な自分の名前を呼ばれなければ寄ってこないものなのかもしれません。何人もの人を振り向かせてしまい、ついにはその気恥ずかしさというかいたたまれなさに負けて、私は犬探しをひとまずあきらめ、帰宅しました。当然のように、家のほうにも犬は帰っておりませんでした。

飼っている生き物の見つけ方、というと、名前を呼び探し回る以外には貼り紙をするとか役所に届けるとかが一般的なのかもしれません。しかしそのどれをするにしても、犬の名前が必要であることには変わりないことに気がついた私は、仕方なく犬の引き取りを打診したきり気まずさもあって連絡をしていなかった妻の身の回りの人々にあたって、犬の名前を訊ねました。中には妻が忙しい一時期だけ犬の世話を頼まれていた女性までおりましたが、それでさえ、誰もが別々の名前を言う状態なのでした。

候補としてでた名前は三つ。一つは昔からある国産スポーツカーのペットネームと同じ名前。もう一つは今シーズンの沢村賞候補と名高いある先発投手の登録名と同じ。あと一つは、この街を走る路面電車の駅名にもなっている町内の地名と同じものでした。そのどれも、犬の名前として妻の口から聞いたような、そうでないようなという曖昧な印象の単語でした。

　そんな巧くいくはずがないというのは判っていたのですが、私は奇妙な一致になにか意味があったら面白いという気持ちもあって、犬の名前の候補として出た、町内の地名を示す場所を次の日の朝に訪ねてみることにしました。

　犬探しの準備として、普段与えている、食べ慣れた餌と綱、他にはなにかに使えるかもしれない半透明のゴミ袋を用意しました。

　犬の名前の候補の一つであった言葉は、地名としてはごく一般的なもので、犬の名前として聞くほうが違和感のある言葉でした。私はこの街で生まれ育ったわけではなく、この場所に来たこともありませんでした。案の定犬の姿は見あたりません。ただ、そこに立ってみると犬の名前という言い訳があったとしてもその地名を大声で叫びながら歩くという行為がどうにも勇気がいる事のように感じられてしまい、ほとんどただの散歩のような振りをしてうろうろするのが精いっぱいでした。

　犬はもうこの世界のどこにもいないのかと思われました。少なくとも私が目にしているこの街のどこかに、あんなに存在感のある生き物がうろついているとはとうてい思えませんでした。飼っている生き物というのは逃げるものなのだ、そうして逃げた生き物を探すのは、こんなに絶望的で心細いものなのだということを思い知り、私は大変暗い気持ちになりました。私のような、あの犬になんら情の無かった人間ですらそうなのだから、巷にいる、例えば長く飼っているペットを逃がしてしまった人などは、本当に苦しんでいるのではないだろうかと考えました。

犬を探しているんです。見ませんでしたか、小型犬です。と何人かに訊ねても、ちょっと考える振りをした後に残念そうにお辞儀をされるばかりでした。

ただ一人だけ、恰幅がいい、というのの少し手前くらいの、自転車を引いて歩く、眼鏡を掛けた女性だけは、

「犬を探しています」

というと化粧気のない眉を寄せて、

「そんな格好で？」

と訊いてきました。私は想像していた反応とあまりに違ったことに驚いて、

「犬を探す格好というのはどのような」

と思わず訊き返してしまいました。確かに、といって彼女は体格に不似合いな高い声で短く笑い、道の端に自転車のスタンドを立てて停めると、ポケットから煙草を出して一本くわえ、火をつけました。

「犬は、追いかけると逃げるし逃げると追う、それは知っているでしょ？」

私が首を振ると、彼女は煙を吐き出すためにほんの少しタイミングを遅らせた後に、

「本当に犬、飼ってるんですか？」

と、さっきより若干丁寧な言葉で訊いてきました。飼い始めて間もないので。と私が言い訳をすると、馬鹿にした様子もなくむしろ若干残念そうに、

「じゃあ、見つけるのはそこそこ難しいかもわかりませんね」

と、ふたたび煙草に口をつけました。その様子を眺めていると、彼女がひどく急いだ風に煙を吐き出しながら、こちらを向いて言うのです。

「犬を探すなら、なにか特徴とか、見かけたら連絡くださいとか、そういうの、作っておいたほうがいいですよ」

私はそれを聞いて、慌てて彼女の持っている煙草の箱にボールペンで自分の携帯電話の番号と『犬』という字だけ書き入れました。彼女はそれを見て、また高く短く笑いました。その日も、犬は姿を見せませんでした。

次の日も、また次の日も、同じ時間、同じ駅の近くには彼女がいました。同じように自転車を引き、私のことを見かけると路肩に自転車を停めて煙草に火をつけ、そうしてこの格好は犬探しに向いているとかいないとか言った判断をしてくれるのです。私も二日目、三日目と少しずつ、自分で思う犬探しに向いていそうな格好を選ぶようにしてい

ました。それを受けて彼女も、今日のこの部分が犬探しに向いている、などとふざけたように褒めてくれるのは良いのですが、一体それが犬探しとどんな関係があるのかは、私には皆目見当がつかず、それがかえって面白くもあるのでした。

犬探しというものがどんな風なのかよくわからなかった私に彼女は、犬の姿や習性も含めていろいろ教えてくれました。彼女は笑うときのほかは声が低く、時折いがらっぽく咳払いをするその音が大きいために少し驚いてしまうこともありましたが、それ以外の部分においては大変楽しく好もしい、魅力的な女性でした。いなくなった妻にも心なしか似ていたように思います。彼女が夢中で話しているのを聞いていると、なんとなく私も犬のことに詳しくなったように感じることができ、一人で探し回っていたときの心もとなさが消え失せ、このままあの犬も簡単に見つかるのではないか、むしろどんなに離れた所にいても犬というのは、ぼろぼろになってでも帰ってくるものなのではないかという自信さえ持つことができました。ただ、一方で犬探しのほうは、ほとんど進展がない状態が続きました。

彼女は、この地区に幼いころ引っ越してきて、もう十五年以上住んでいるということでした。大学は電車でそう遠くない場所へ通い、卒業後、仕事は一定の繁忙時期だけ郵便物や荷物の配送の作業をし、その他は物書きの真似事(まねごと)などをしていると言っていました。小説ですかと私が訊ねると、そういうものはあまり読まないので書くこともしませんと言い、ネットの記事などをまとめて、その記事ごとに広告収入のはいる仕組みがあって、主にはそういう仕組みを作っている会社から記事の執筆料のようなものをもらって、生活の足しにしているのだと教えてくれました。

私は帰りしな、彼女に犬探しをしている中で感じたことを話しました。

「生き物は進化の段階で、姿を背景にとかしこんで隠す能力を発達させたのでは?」

と。彼女は少し考え、

「では光る生き物は?」

と、最初のときのように質問を返してきました。仮に姿を隠すことが進化の要だというのであれば、世の中に少ないながらも存在する、『発光』という進化を遂げた生き物については、たしかにその存在自体が矛盾しているように思えました。

その次に会った日の帰り、彼女は自分の住んでいる部屋に私を呼び入れてくれました。私は彼女の作った、冷蔵庫で冷やされている麦茶をもらい、彼女は缶にはいったお酒のようなものを飲みました。少し他愛のない話をして、そのあとで彼女は必要以上に丁寧な手際で私の服をとりました。慣れていないようにも、またそのように見せかけているようにも感じられました。まるでそういうことを含めて私に見せているようなやり方でした。そのために私は、この一連の状況をなんだか他人事のように見てしまっていました（そもそも妻は、私の服をとるなどということはしませんでした）。電気を消してほしい、と私が言ったとき、彼女はやはり寸劇のようなもったいぶったやり方で笑って、

「女の子みたいなこと言いますね」

と言い、明かりを消しました。私はそのとき、外がすっかり暮れていることに気がつき、そのため少し嬉しく思いました。

これは、比喩でもなんでもないのですが、妻は生前、本当に光っていたのです。普段から弱々しく光をはなってはいましたが、それは本当に暗闇のときにうっすらとわかる程度で、薄暗がりでもわかるほど強く発光するのは、性的な興奮をしているときでした。ひどいときには、私の体が照らされるほど明るくなることさえありました。訊くと妻の母親もそうであったというし、健康上問題がないことから気にしたことなどなかったそうです。私は妻同様恋愛の経験がまったくなく、妻と見合いで結婚するまではなんというか、女性の体というものを知らずに生きてきたものですから、女性というものはきっと誰でも、強い弱いの個人差はあれども微かに光っているものなのだ、そして性的な興奮をするときにはその光が大変に強まるのだろうと思っていました。そして私は、これは恥ずかしいことかもしれませんが、妻がいなくなってから、その光を大変に欲してい

たのだと思います。彼女の部屋で話しているときも、暗がりの中で彼女の光るところを見てみたい、と考えていました。

ですが、結局、最後まで彼女はまったく光りませんでした。どんなに暗い中で目を凝らしても、うっすらとも明るさは確認できませんでした。彼女が芝居がかったやり方であったためにまったく興奮をしていなかったとしても、これほどの暗がりで光が見えないということは、妻だけとは言わないにしても、あれほど明るくなるというのは相当に珍しいことだったのではないかと考えました。彼女は服を着ることなく外していた眼鏡をかけると部屋の窓を開け、煙草をくわえて火をつけました。

「ところで犬の名前は？」

彼女が大変に訊きにくそうにしながら口にした質問を、私は聞こえなかった振りをしました。暗い部屋から窓の外を見ていた彼女の視線が、外にあるなにかを捕らえたようでした。動きを追う彼女の視線は、大変に素早く左右に揺れていました。顔全体には驚きの表情がありました。口元は、吐かれた煙草の煙と共に、なにかを呼び止めようと開きながら、なんと呼んで良いのかわからないという、ためらいの動きがありました。彼女の掛けている眼鏡の端には、光って弾ける小さなひとつのなにかが、反射して見えたような気がしました。

初出

オブジェクタム　「小説トリッパー」二〇一八年春号

太陽の側の島　「婦人公論」二〇一六年四月十二日号
（第二回林芙美子文学賞受賞作）

L・H・O・O・Q　「文學界」二〇一六年八月号

以上の作品に、加筆修正いたしました。

オブジェクタム

二〇一八年 八 月三十日 第一刷発行

著　者　高山羽根子
発行者　須田 剛
発行所　朝日新聞出版
〒一〇四-八〇一一 東京都中央区築地五-三-二
電話 〇三-五五四一-八八三二（編集）
〇三-五五四〇-七七九三（販売）

印刷製本 中央精版印刷株式会社

ISBN978-4-02-251564-3
定価はカバーに表示してあります
落丁・乱丁の場合は弊社業務部（電話〇三-五五四〇-七八〇〇）へご連絡ください。
送料弊社負担にてお取り替えいたします。

高山羽根子（たかやま・はねこ）
一九七五年富山県生まれ。二〇一〇年「うどん キツネつきの」で第一回創元ＳＦ短編賞佳作を受賞。二〇一六年本書収録の「太陽の側の島」で第二回林芙美子文学賞で大賞を受賞。著書に『うどん キツネつきの』（短編集）。